講談社文庫

# 夫婦のルール

三浦朱門｜曽野綾子



講談社

# 夫婦のルール　目次

## 第2章 夫婦ゲンカで夫が勝ってはいけない

## 第6章 根も葉もあるジョークで「人生をいなす」

# 夫婦のルール

# 文庫化にあたって――曽野綾子

「本当はルールも何もなく、私たちは暮らして来たのである」と書き出したが、ごく素朴にルールがなかった、と言っては嘘になる。

三浦朱門がどう考えていたかは、今となってはわからないが、私は家族になった人々には、嘘をついてはいけない、と考えていた。私たちは小さなことで短時間のうちにどうにか体裁を繕《つくろ》って世間に納得してもらわねばならないこともあるが、本質的なことではお互いを欺《あざむ》いてはならない。お金に関して嘘をついたり、配偶者の嫌がる人とつき合ったり、世間に自分の暮らし向きについて虚偽的な宣伝をしたりするような態度をとってはならない。

私たち夫婦は、今述べたような素朴な点については、わりと神経質に正確でありたいと考えていた。お金のないことは別にいいことでも悪いことでもないが、現実より裕福に見せたいという心情は貧しいから嫌だという判断で一致したのである。

実生活についてては、必要なものにだけはお金を出し、爪先立ちしない程度に自分の好みに従うことが申し合わせで、私たちはよく喋《しゃべ》る夫婦だったから、そういう会話の中で、自然に相手に自分の好みや予定を伝えることも可能だった。しかも、もっと平凡な言い方をすれば、夫婦は相手がひどく嫌うことはしない、ということにしていたのだ。このルールは別に結婚生活でなくても、寄宿舎の暮らしでも、同行者のある旅行の間にも必要な配慮だろう。

ただ旅の同行者以上に結婚生活は長いので、配偶者のおかれた情況も複雑で、相手に対する配慮の条件もたくさんあるのに、むしろ結婚生活においてはその心遣いが消えてしまっているのが実状だ。

長い年月そうそう気を遣ってはやっていけない、という人もいるが、相手に対する心配りは、食事のメニューにも日常生活にも習慣化する場合が多い。我が家の場合、その手のものは決して多くはなかったが、朱門は夜遅くまで外で遊ぶことがあまり好きではなかった。どちらかというと早寝早起き型であったのだ。

それから賭けごとが嫌いだった。カジノに見学に入っても、一回も賭けなかった。私はスロットマシーンを一回だけ遊ぶこともあったし、同人雑誌の仲間が時間つぶしの麻雀をすることになって、一人足りなければ加わることもあった。しかし朱門は

「ご都合」のためであっても加わらなかった。仲間たちが麻雀を囲んでいる時、一人傍《そば》に寝転んで文庫本を読んだりする。本当につき合いの悪い人だった。

しかしつき合いが悪いという特徴も、人生ではマイナス面ばかりではない。あの人は嘘のない人だ、と思われる。本当は身勝手なだけなのに、三浦朱門という人はそういう点で得をしていた。常識には欠けていてもそれが誠実風に見えたのである。

三浦朱門は、九十歳に近い老人としては晩年比較的健康に暮らしていた。死ぬ直前まで毎朝歩いて、四、五分のところにある「駅の本屋」に行き、その日に読む分の本を一冊買って帰って来た。それが朱門の「その日の煙草代の使い方」であった。煙草は中年でやめていたので、まさに「隠居老人の小遣い」の使い方だったのである。毎日買った本はほぼ確実に一日で読み終わっていた。

三浦朱門は、一九六九年、日本大学芸術学部教授を辞めてから、約十六年間家にいて気ままな暮らしをしていたが、五十九歳の時、文化庁長官を拝命した。約一年半の文化庁勤務を辞任して更に十九年後、日本芸術院院長に就任した。どうしてその任務を引き受けることになったのかと私に訊かれて、彼は答えていた。

「作家の中には、僕の年で文科省の仕組みが少しわかっていて、上野駅前の芸術院まで電車に乗って週に何日か通える足腰丈夫なじじいが、ほとんどいないからさ」

上野通いの本当の楽しみは、芸術院でハンコを押すことではなく、出勤日に上野の駅中の店で駅弁を買うことらしかった。「牛肉どまん中」という駅弁が好きで、その場でお茶も買って、駅前の芸術院の建物に入るのだという。

「お茶くらい、芸術院で出して下さるでしょう」と言うと、「お茶くらい自分勝手な時に飲める方がいいじゃないか」と言い返していた。

私の家では三浦朱門という人がいる限り、我が家の空気は厳《おごそ》かでもなく芸術的でもなかった。その代わり、いつも朱門がおかしなことを言い、秘書たちはその表現に困らされながら笑っていた。家へ帰るとすぐどてらに着替えるとか、夕食前に必ず風呂に入るとかいうルールもなかった。私たち夫婦は息子を十八歳の時、地方の大学へ送り出していたので、子供のいる生活も長くはなかった。私は息子の教育に関しては男親の言うことに百パーセント従うことにしていたが、この決定だけは今も少し後悔している。

しいてルールのようなものがあるとすれば、それは友人や知人に親しい気持ち以外の何かを求めないということだった。

物ほしげな気持ちがあるのも困りものだし、彼らの名声、知己、いわゆる「顔」などに頼ろうとする気持ちも、爽《さわ》やかなものとは言い難い。友人も知人も私にとって大切だったが、その理由は、その人の持つ知識、才能、独特の物の見方、特殊な体験などを友情の証に時々少し分けてくれるのを期待することだけで、世間で言う実質的な利益を求めようとすること自体が、むしろ友情を壊すと考えていた。

夫婦のルールは、特に道徳性とも関係ない。いいことではないが、掏摸《すり》の一家にはそれなりの深い家族のつながりがあるという話を読んだこともある。つまりお互いの「今日」が幸福であることを希《ねが》っているということだ。当たり前のことのようだが、都会で裕福な暮らしをしている家族が、必ずしも「家族の一員の幸福」を心から希っているとは限らない。世間に対する見栄や常識が優先する場合もある。

夫婦のルールはそれぞれに作ることだ。その家で何が一番大切かを決めることである。お客さまのおもてなしを最も大事なことと考える家もあれば、その年の梅干しや白菜の漬け物の出来がお客さまに出す食事より大切だと考える人もいる。その家自身ではっきりと自覚したルールを作れば、その家は穏やかになり楽しくもなる。個性というものは、料理の味つけだ。塩辛いものが好きな家庭もあれば、甘いもの好きの一家もある。それぞれに家庭の味を守ることがかなり重要な存在の意義だ。それこそが多分「愛の味」というものであろう。

夫婦のルールが確立していない時には、世俗の通念がすき間風のように吹き込み、すぐに家中の空気が険悪になる。そこは嵐を避ける避難のための港ではなくなるから、がたぴしした老朽船のような夫婦関係は、すぐに沈没の危機に瀕する。

だから個々の家庭でルールを作ってほしいという希いで、私たちはこの対談をしたのだ。避難港の風景というものは、いつどこの海岸で見ても、温かくていいものだとも思っているからである。

二〇一八年秋

# はじめに——三浦朱門

## 結婚生活とは、わが人生を作る場所

二〇一六年一〇月一九日、私たち夫婦は結婚から六三年を迎えます。妻の曽野綾子は、ここまでよく辛抱してくれたものだ、という思いが私の中にはあります。しかし一方で、私自身もよく辛抱したなぁ、と自分を褒《ほ》めてやりたい気持ちもあります。

なにしろ、六十余年という年月なのです。

今や日本人の平均寿命は男で八〇歳、女性で八七歳。しかし、これはあくまで平均だ、ということを忘れてはなりません。若いうちに亡くなる人も含まれているわけですから、現在、六〇代以上になった人たちというのは、男でも八五歳くらい、女の人であれば九五歳くらいまでは生きると考えたほうがいい。

こんなふうに日本人が八〇年以上、普通に生きるようになってくると、親や子どもも含めて、人生で一番長い時間を共にするのが、配偶者、ということになります。

子どもというのは冷たいものですから、足腰が立てばもう親のところになどいません。まして結婚したら他人で、行きたいところに行ってしまうと思ったほうがいい。親も、年をとれば病気になったり老人ホームに入ったり、結局は子どもが六〇代にもなれば、親とは死に別れることになる。

そうすると、好むと好まざるとにかかわらず、生涯において最も長く共に暮らすのは、配偶者、ということになるのです。

共に暮らすといっても、相手をそれほど意識しているわけではない、という人も少なくないかもしれませんが、結果的にわが人生を作ってきた場とは結婚生活である、ということになるのです。

もとより私が今、こうして生きているのは、たまたまこの時代に生まれたからです。一〇〇年前に生まれていたら、まったく別の人生を生きたに違いありません。三〇〇年前だったら、また違う人生だったでしょう。

そういうことも含めて、さまざまな偶然がわが人生を作っているわけですが、その偶然の中のかなり大きな要素を占めるのが、配偶者なのです。

ですから、妻を愛しているとか、愛していないとか、いい妻だとか、悪い妻だとか、男というのは、そういうことをついつい口にしてしまいがちですが、それは大変危険を伴う行為だと認識しておく必要があります。

配偶者を罵《ののし》ることは、つまりわが人生が失敗だということになるし、褒め称《たた》えることは、わが人生は成功だということになる。そう考えてもいいほどだと思います。

私たちが出会ったのは、一九五三年に結婚する二年前のことでした。当時、私は大学の非常勤講師、五歳年下の曽野は大学生でした。彼女の母親の強い勧めがあり、出会った一、二ヵ月後には結婚を考えるようになったのですが、当時の私にはお金がなかった。まともに食べられるほど稼げていなかったのです。

その後、幸い助教授の職を得て結婚、新居は妻の実家でした。当時まだ大学四年生だった妻は、朝起きると大学へ、私も勤務していた大学へ、二人一緒に家を出ました。夜は机を並べて小説を書きました。生きていくために、必死でした。

二年後には、長男が生まれました。小説の仕事が忙しかった妻は、同居していた彼女の母に子育てや家事でずいぶん世話になります。振り返ってみれば、仕事と家事や子育てを両立させようと奮闘したのが、夫婦としての人生第一幕だった気がします。

やがて私の両親も六〇代に入り、妻の実家の隣に売地が出た偶然もあり、家は別々ではあったものの、事実上の同居をすることになりました。

彼女の母と私の両親、一斉に六〇歳を超えた年寄り三人と一緒に暮らし始めたのは、私たちが三〇代のときでした。

老いていく親の介護、そして三人を看取るまでの三〇年……。子を生み、育てるのが、夫婦としての第一幕だったとするなら、親を見送るまでが第二幕だった。今、振り返ってみると、そう感じます。

妻は執筆のかたわら、アフリカやら中南米やら、世界を飛び回って活動を続けてきました。私は文化庁長官などという、高級公務員も経験することになりました。

そして、今は夫婦としての第三幕を、私たちは生きています。

あらためて言うまでもありませんが、夫婦生活を続ける上では、本当にいろんなことがあります。思わぬ出来事があり、うれしいこと、苦しいこと、悲しいことも起こる。

実際、私たちも、妻が不眠症になったり、目の病気で失明寸前まで行ったり、といった人生の危機的な状況にも遭遇してきました。

そんな中で六〇年、夫婦を続けてきた秘訣《ひけつ》とは何か。それを夫婦で語ってほしい、というご依頼をいただいて、誕生したのが、本書です。

詳しいことは中身を読んでいただくとして、私がひとつ思っているのは、夫婦というのは、実は毎日が学びだということです。夫婦は元々他人ですから、生涯、お互いを学び続けなければいけないのです。それを怠ると、やっかいなことになる。

でも、重く考える必要はまったくありません。それこそ、学ぶことそのものを、思い切り楽しんでしまえばいいのです。

それが人生を、とりわけ晩年の人生を、豊かなものにしてくれると私は思っています。

# 第1章

# 夫婦の人生はいつも想定外

## 結婚は男女の「違い」から始まる

三浦　夫婦の始まりは、まず自分と違うものに対して興味を持つか、警戒心を持つか、ということだと思うんです。特に異性というのは、自分とは違う部分がたくさんある。

男は、無責任に違うものには好奇心を持つ。一方で女性のほうは、妊娠や出産、育児などが待ち構えていますから、本能的に違うものに警戒心を持つ。違いに対する感覚が違うわけです。そこから結婚や恋愛は始まるのだ、というのが前提だと思いますね。

だからといって、過度に違いを意識する必要はない。まったく違う家庭環境で育った二人だから価値観が違う、かみあわない、だからうまくいかない、などということはありません。私たち夫婦の場合も、歩んできた道はまったく違ったのに、一緒に暮らす上で、それは問題にならなかった。

考えてみれば、そもそも価値観というのは、一人ひとり違うわけです。しかし、価値観が違っても社会を作ることはできるし、命がけで共に敵と戦うこともできる。つまり、価値観の違いというのは、一緒に暮らすことの妨げにはまったくならない。夫婦関係を考える上で、それはしっかり認識しておかないといけないですね。

**曽野**　夫婦で基本的な価値観が衝突したことは、まったくないですね。これは結婚以来ずっと変わりませんが、ひとつ大事なのは、人生を善悪で判断しなかったことかしら。私たちは、一つひとつの物事について、善か悪か、で決めてこなかった。

自分の価値観の中で、これは善、これは悪、と決めてしまうから、対立が生まれるんでしょうね。でも、本当にそれが善なのか悪なのか、誰に証明できるでしょうか。

例えば、だらしない夫がいる。でも、悪い人ではない。賭《か》け事をして借金を作ったりするわけでもないし、女を囲ったりするわけでもない。逆に、いいところもある。こういう夫を、一刀両断に善か悪か、で決めつけてしまうことは、私にはできないんです。もっといえば、善悪って、この世で最もつまらない分け方でしょう。人生はそんなに単純なものではないはずです。

いいか悪いか、ではなくて、自分とどう違うのか。必要なことは、違いを認識することです。この人と私の考え方は違う。それを感じ取って、受け止めればいい。

なのに、自分にとっての善を追求しようとしたりするから、おかしなことになる。細かいことは、もっと、いい加減でいいんですよ。こうしないといけない、これはやってはいけない、なんて考えない。実際、私たちはいい加減にやってきた。いい加減だから、うまくいったんでしょう。

## 自分に都合の悪いことは隠さない

三浦　私たち夫婦が生まれ育った家庭環境は、対照的でした。私の父は高知の西の外れの生まれで、母は新潟の生まれ。典型的な田舎っぺです。東京に出てきて同棲して、姉と私を生んだ。父は文学青年、母は元新劇女優ですから、反権力主義的で一見モダンに見えるんですが、元は田舎っぺなんですよ。

それで私は東京郊外の武蔵野に生まれ育ったんですが、周りには肉屋も魚屋もない。お客が来ると、料理は母親が全部作る。ブツブツ文句を言いながら（笑）。

一方、彼女の家は昔からの江戸商人で、都会人なんですよ。彼女の本家では客が来ると、全部、店屋物を取るわけです。

しかも、鰻《うなぎ》はここから、天ぷらはここから、お汁粉《しるこ》はここから、ってな具合でちゃんと決まっている。誰も家で作ったりしない。つまり何百年も昔から、貨幣経済が浸透している。そういう家庭なんです。

**曽野**　家で料理をするなどという失礼なことはしません。「大事な客人に、かかあの手料理なんざぁ差し上げられません」ということかしら（笑）。それこそ、しっかり歓迎の意を示したいときには、ちゃんとした名前の通った店から取るんです。

**三浦**　でも、彼女の母親は北陸の小さな港町の生まれです。だから、江戸の商人と北陸の港の商人の娘の結婚で生まれたのが彼女で、しかも商人ではなく、背広を着て仕事をしなければいけない時代になっていた。そのために、いろんな矛盾が生まれたわけです。

**曽野**　私の家庭は複雑で、両親はうまくいっていませんでした。私は、早く母が離婚することを望んでいたんです。父は典型的な小心者で、悪事はしない。使い込みをするとか、女を作るとか、それこそ刑法上の泥棒や詐欺《さぎ》なんてことは一切しない。だけど、家族に当たるんです。それは、子どもには辛《つら》いわけです。父の機嫌を損ねないためにはどうすればいいか、常に神経を張り巡らさなければならない家でした。家に帰ってきても、気が休まることがなかった。

でも、この環境が私を大人にしたんです。おかげで大人の目を養うことができた。結婚するとき、こういう家庭の事情も私は一切、隠しませんでした。自分に都合の悪いことは、隠さない生き方をしようと思っていましたから。

## 1＋1が2にならないこともある

**曽野**　子どもの頃から、もしも結婚することになったら、私の家庭の事情は相手に迷惑をかけると思っていました。そもそも親の不仲が原体験としてある。結婚なんて、うんざりだと思っていましたからね。

どうしてあんなものにみんな憧《あこが》れて結婚したがるのか、不思議でなりませんでした。だから、結婚はしないつもりだったんです。早く経済的に自立して、離婚を望んでいた母を養うことだけを考えていた。

それでも子どもを産み育てるのは面白そうだから、未婚の母も悪くないと思っていて。

三浦　実は、もともと彼女には、許嫁《いいなずけ》がいたんです。外交官になる人との縁談もあった。

曽野　理系の人だったからですよ。私、理科系の人がダメなの。1＋1が2になる、って人が多いから。私は1＋1が2にならないこともあると思っている人間なので(笑)。

三浦　他にも、お金持ちとの縁談もあった。

曽野　お見合いをしたら、とんでもない豪邸でした。こんなところにお嫁に行ったら、毎日掃除が大変そうだと思ってご遠慮した(笑)。読みが深いでしょう。

三浦　私は、母に盲愛されて育ったんです。小学校に入るまで、自分で服も着られなかったし、靴もはけなかった。最初の運動会の五〇メートル競走は、普通に二五メートル走ったら、ウサギの耳のついた鉢巻きを頭にしめて、あとは紐《ひも》で両足を縛ってピョンピョン跳んでいく、というものだったんですが、私は紐が自分で結べなかった。

今も覚えていますが、五歳か六歳のとき、寒い冬の夜に母と同じ布団に寝ていたんですが、オシッコに行きたくなってしまった。オシッコに行きたいけど、寒いから嫌だ、と母に言ったら、こう返されたんです。

「他のことは全部お母さんがやってあげるけど、オシッコだけはやってあげるわけにはいかないから、自分で行きなさい」と（笑）。

妻と知り合って驚いたのは、家が清潔に片付いて掃除されていたことです。私の母は、下っ端の女優くずれで、家事が嫌で嫌でしょうがない人でした。掃除も洗濯も料理も大嫌い、という人だった。

ですから、この人が小説を書くために、いわゆる嫁としてすべきことができなくても、母は一言も文句を言わなかったんです。

**曽野**　料理がまずいとか、家事をやらない、といって怒られたことはありません。それはものすごく幸せでしたね。

**三浦**　母がそんな調子で、父は文化人の反権力。イタリア語ができて、日大の非常勤講師をしたり、翻訳をしたり、雑誌の編集長を務めたり、エッセイや評論みたいなものを書いたりして、子どもを養っていた。姉は早稲田大学を出て短大教授になりました。

妻の家には、お手伝いさんが当たり前のようにいたけれど、我が家にはそんなものはいなかった。いや、本当に育った家庭環境がまったく違ったんです。でも、そんなコトは大して関係がなかったですね。

## 結婚するなら寛大な人

曽野　もし結婚するなら、寛大な人、と思っていました。母と私は、寛大ではない父に苦しみましたから。正反対の人がよかった。容姿はまったく問題にしませんでしたね。私は生まれつき強度の近眼なので、相手がよく見えないか、誰でも美男に見えるんです（笑）。

三浦　ちょうど小説を書き始めた頃、私が同人雑誌に書いたものを、臼井吉見《うすいよしみ》という評論家が褒めてくれたんです。それから数ヵ月経って、彼が再び褒めたのが彼女の小説だった。

彼女はまだ、聖心女子大に通う大学生だったんですが、所属していた同人雑誌がオジサンばかりだから、若い人のいる雑誌を紹介してほしいというので、臼井さんが彼女を私に紹介してくれたんです。

それで、新宿駅のホームで待ち合わせて会うことになった。でも、当時は中央線と山手線が同じホームで、大変な人でごったがえすんですね。それで思いついたのが、ホームのど真ん中にある、巨大なゴミ箱の前で待ち合わせることでした。ゴミ箱の周りは、半径三メートルくらい、人がいないんですよ。それなら確実に会えるだろうと。

だいたい小説を書く女なんていうのは、どうせブサイクに決まっている。だから、ゴミ箱と並べば少しはよく見えるだろう、なんて思ってね（笑）。それで、ゴミ箱と並んで立ってなさい、と手紙に書いたわけです。

**曽野**　失礼しちゃうでしょう。

**三浦**　私たちの同人誌仲間というのは、とんでもない連中ばかりだったんです。二人の女性と同棲している男とか、一〇も一五も年上の人妻で子どもがある人と駆け落ちした男とか。

彼女は当時、大学二年生で、私がそういう仲間への紹介者ということになるわけですね。となれば、アドバイスのひとつもしたくなる。

それで、「男のことで何かあったら、僕に相談したほうがいい」と言ったんです。そうしたら、彼女の母親に呼び出されまして。「それなら娘と結婚を前提におつきあいを」と言われた。

## 「僕は嘘つきです」

曽野　当時は、女を精神的にもてあそぶ不良青年がいたんですよ。今の不良青年は、つまらないことをしておまわりさんの世話になったりして、ちっとも面白くない。でも、当時の不良青年の遊びは、純粋に精神的にもてあそぶんです。肉体的に手は出さない。女の子は傷つくけれど、それでもモテる。都会的な不良青年ですね。

この人は典型的な不良青年だと思っていました。ただ、よく「僕は働く人が嫌いです」とか「努力が嫌いです」と言っていたんです。ああ、この人と結婚したら好きなことをしていればいいんだ、ラクでいいや、と思いましたね（笑）。

三浦　彼女や私の意志よりも、彼女の母親がそういう道を作ってくれたんです。ただ、義母は同人誌の仲間に、娘の結婚相手として私はどうか、と聞いて回ったそうです。そうすると全員が口を揃《そろ》えて、「自分に妹がいたら、アイツにだけは絶対にやらない」と言ったらしい。

曽野　母は、遊び半分というのが嫌な、昔風の人間なんです。だから、結婚を前提におつきあいを、と言ったんだと思いますね。

私が結婚を決意したのは、この人が「僕は嘘《うそ》つきです」と言ったからなんです。この言葉は実に微妙で、もしその言葉が本当なら嘘つきだし、嘘なら、やはり嘘つきになる。

そういう精神のひだを持つ人ならいいと思ったんです。花束を贈ってくれたとか、そんなことではなくて、その一言で決めた。

三浦　ただ、結婚を前提に、と言われても、私は当時、日本大学の非常勤講師で、まともに食べられるだけの稼ぎなんてない。だから、毎月きちんと給料がもらえるようになったら結婚しようということになりました。当分、そんな日は来そうにない、ということも伝えて(笑)。

自分の書いた小説が売れるとは思っていなかったので、早く専任講師になりたかった。すると、彼女と会った翌年の夏、私は突然、助教授になったんです。

月収が六〇〇〇円から一挙に三万円になった。電話で彼女に「助教授になった」と伝えたけどピンとこない様子だから、「病気になっても、タダ同然で治せる健康保険証がもらえる」と言ったんです。

彼女は大学四年生だったから、新婚旅行は学割を使って行きました。実は何十年か後になって、学割は教育に関わること以外に使ってはいけないと知ったんですが。

曽野　すっかり時効は過ぎていましたけどね（笑）。

## 結婚に理想は禁物

三浦　結婚したといっても、面倒なことは全然考えなかった。お互い文学という共通点があって、その頃出ていた文学や外国の小説なんかの話をしていると、いくらでも時間が過ぎていった。
曽野　あの頃のほうが文学論を語りあったかもね。今はまったくしないけど（笑）。
三浦　朝起きると、この人は大学へ。私も勤め先へ。夜は机を並べて小説を書いた。
曽野　結婚して何かが変わった、なんてこともなかった。こうなるんじゃないかとか、予想もしていないから、予想外もない。
　私の体験では、世の中のことは、あまりにも思った通りになったことがないので、予想ということも、あまりしなくなってしまったのね。だから、予想外のことが起きてアタフタしている人を見ると、逆に驚いてしまう。
　結婚してから、こんなはずじゃなかった、と思う人もいるようですが、予想できると思うほうが、危険なんですね。思った通りになんかなるわけがないんです。すべては予想外ですから。

**三浦**　そりゃ、二度も三度も結婚していれば、今の女房はああだこうだ、ってことも言えます。でも、自分の人生と同じで、結婚は一回限りだと思えば、いいも悪いもない。そんなものだと思うより、しょうがないじゃないですか。

だいたい、人はそれぞれ違うのだから、比較することなんかできないはずですよね。なのに、どうして悲観的になるのか。理想が高すぎるのか。

**曽野**　私たち、理想なんてものを持ったことがないんでしょうね、お互いに。だって、理想通りになんて、いくはずがないんですから。

私は終戦の時、大人というには少し幼かったけれど、戦争が終わって日本がメチャメチャになって、大変な思いをした大人は大勢いたわけです。私は一三歳でしたが、父や母の世代がどれほどひどい思いをしたかは知っています。

給料やら貯金やら退職金やらも、まったく紙切れ同様になって。だから、その頃の人は、予想や計画はあまり立てないんですよ。考えても意味がないことを知っているから。

**三浦**　五三年の一〇月に結婚して、一二月頃から「三田文学」を皮切りに、彼女には小説の注文がどんどんやってきました。卒業して「遠来の客たち」が芥川賞候補になると、ますます注文が増えて。

しかも、その翌年には長男が生まれていますから、日々の生活に追われて、いろんなことを考えるどころではなかった。貧乏したとか、金の苦労をしたとかじゃなくて、次から次へといろんなことがありましたから、理想とか予定なんて考えるゆとりもなく、生活に追われていましたね。

実際には、多くの夫婦がそうなんじゃないでしょうか。

## 妻の文句は夫への「アイ・ラブ・ユー」

曽野　息子の誕生日が、ちょうど月給日だったんです。だから、当然のように家にこの人はいませんでした。学校で会議や授業をしているわけです。

でも、子どもが生まれたときに夫がいないからといって、それを裏切りだとか、家族を顧みていないとか、優しさが足りないんじゃないかとか、そんなことは一切、考えたことがなかった。当時はそれが当たり前でしたから（笑）。

三浦　私も、妻に期待する、なんてことはなかった。自分を溺愛《できあい》した母親のことを考えると、あんな母親みたいな女房はいないし、なってもらっても困るし。でも、女性というのは、だんだんうるさくなっていくものだろうと思っていました。

もともと男と女というのは、女のほうが強いんですよ。男は強く積極的で、女は弱く受け身なもの、なんていうのは嘘だと、結婚すればバレてしまう。

結婚後何ヵ月もたたないうちに、妻は夫の積極性なんて見せかけで、実態は強がっているだけで、弱虫であることを見抜いてしまうわけです。その意味では、女は作られているし、男も作られている。そこに気づいてしまうのが、結婚なんです。

**曽野**　男は本当に気が利《き》かないのよ。

**三浦**　私は、男ってダメ、そもそも人間的におかしい、と毎日のように言われていますから。こう見えても、東京大学を出たし、大学教授もしたし、作家として社会的にも認められ、文化庁長官などという高級公務員にもなった。同業者仲間の組織でも重要な役割をこなした。それでも彼女に言わせると、私は人間として、基本がなっていないんですね（笑）。

ある朝、彼女が起きてきて「何か、食欲がないの」と言う。そうか、それなら彼女が食べたいものが決まるまで、私は自分の食べるものを作ろうと思うわけです。

パンをトースターに入れ、ソーセージを一本ゆで、サラダを作っていると怒り始める。

「どうしてソーセージが一本なの？　だいたい、あなたは私に、ソーセージを食べるか、とも聞かない。人の存在を無視している。人間的な思いやりがない」

といっても彼女はソーセージが食べたいわけじゃない。だから食卓の上にある、自分の食べたいものを食べ始める。それを用意したのは、私なんですが（笑）。

まぁ、この程度のことは、どんな家庭でもあることでしょう。文句を言えるのは心を許しているからで、これも一種の夫婦愛なのかもしれない。老人になると、生《なま》の感情をぶつけていいのは、配偶者だけ。まことに貴重な存在なんです。

曽野　この調子ですから、本当に、非常識で呆《あき》れるときもありますね。呆れてあきらめました（笑）。

三浦　私はいい加減な人間で、妙なことばかり言うから何かというと怒られますが、いくら文句を言われても、「アイ・ラブ・ユー」「あなたが好きよ」と言われているのと同じだと思えばいいと考えています（笑）。そうやってまともに受け答えしないから、六〇年も何とかうまくやっているのかもしれません。

## 夫婦生活は「行書」の発想で

**曽野**　夫の役割、とか、妻の役割、とか、こうであらねばならない、みたいに肩に力が入りすぎていたら苦しくなりますね。私だって、料理もしなかったし、嫁らしいことは全然していませんからね、特に結婚生活の前半は。もっと肩の力を抜いたらいいんですよ。両方とも、未熟なんですから。

**三浦**　漢字には、楷書《かいしょ》と行書があるでしょう。楷書は活字に一番近く、一点一画ゆるがせにしない。そういう生活をしようとすると、夫婦の危機というのは、やたらと出てくることになるでしょうね。

亭主が帰ってきたら玄関に行って「お帰りなさい」と三つ指突かないといけない、なんてのは楷書の象徴例ですよ。家事にしても人間関係にしても、これこれしなくちゃいけない、はダメ。

そうじゃなくて、行書がいいんです。私が友達にハガキを書くのと同じ。行書でいけば、夫婦生活も社交生活も、うまくいく。

**曽野**　絶えず生活の一部が崩れていますけどね。

**三浦**　でも、そもそも夫婦は互いに敵ではないわけですよ。だから、崩れた格好でいいんです。

商売人だったら、銀行にお金を借りに行くときには、きちんとした服装をしていかないといけない。礼儀作法をきちんとしないといけないけれど、小説家などという商売はそれも必要がない。社会生活も行書で済む。かえって行書のほうが、相手も気楽に本当のことを言ってくれるんです。

　夫婦生活に危機がない、社会生活に大きな挫折《ざせつ》がないというのは、我々が服装も礼儀も社会生活も家庭生活も、行書でやってきたからだと思うんです。

　そして行書なら、予想外にも想定外にも、柔軟に対応できる。

曽野　こうでなければいけない、という人は、何もかも思う通りになると考えている人が多いですからね。そんなことは、ありえないのに。

　もちろんひどい不幸があったら、私も落ち込んで泣いたり、口を利かなくなったり、ご飯を食べられなくなったりすると思う。そういうときには、時の癒《いや》しがあるんだろう、と心のどこかで思っています。

三浦　彼女の家は堅気《かたぎ》でしたから、どちらかというと楷書型だったわけですね。それに対して、うちは水商売に近いから行書型。彼女にとってみれば、私と暮らすことは原則を崩されることだったはずです。

曽野　この世で本当に大切なこと、人生に本当に必要なものって、実はあまり数多くないんです。それをちゃんと考えてみたらいい。それ以外は、まあ、よくなればいいけど、実はどうでもいいんですよ。

そして、人生はすべて想定外。私たち夫婦の人生も想定外でした。いいほうにも、悪いほうにも。

## 本当に譲れないことと、それ以外を区別する

**三浦**　ホットケーキをどんなふうに焼くと一番うまいと思うか、というのは、人によって違います。私たち夫婦は全然違う。
彼女は薄く焼いて、何枚も重ねて、メープルシロップをたっぷりかけるのが好きだし、私はふっくらしたのが好き。だから、薄くてぺっちゃんこを食わされると、やっぱりふっくらしたのが食べたいなと思う。でも、それだけのことなんです。食べたきゃ、自分で焼けばいいし。
**曽野**　そう。なのに、世の中には、自分の好みのホットケーキが出てこないと不機嫌になる人がたくさんいるでしょう。いろんな種類のホットケーキがあることや、食べたければ好みを自分で言わないといけないということに気づけない。意外に高学歴の男性に多いんですけどね。

私はできれば薄く焼いたホットケーキに、シロップをだぶだぶかけたいけど、それは人生の大事じゃない。本当に私が譲れないと思っているようなこととはまったく違う。なのに、嫌がらせのように「なんだ、このホットケーキは。厚いじゃないか」と言ったって、お互い傷つくだけなんですよ。

だから、そこで線を引いたらどうでしょう。譲れない数少ないことと、そうでないこと。その段階を細かく分ければ、イライラすることは減ります。

私は、あらゆることに、かなり優先順位をつけているんです。夫にアイスクリームを買ってきて欲しいと頼んだら、好みのものと違った。「ピスタチオの入ったアイスクリームじゃないとダメ」と怒り出す人もいますけど、せっかく買ってきてくれたわけでしょう。買ってきてもらえる幸せをまずは味わったらいいので、ピスタチオは余計なことなんですよ。

三浦　専業主婦が銀行員の夫に、「自分の仕事の大変さを理解してもらえない」と嘆くのも、同じかな。

曽野　拡大解釈する人がいますよね。「理解をしてくれないのは、自分を愛してないからだ」、なんて。女々しくていやあね（笑）。

それよりも、自分にとって本当に譲れないものは何か。そこから優先順位を考えていく。譲ってもいいもの、あったらラッキーだと思うもの。そうやってクラスを整理して、分けていけばいいんです。

## 相手が嫌いなことはしない

**曽野**　結局、好みだけで生きてきたのよね、私たちの人生は。好きなことや、やりたいことしかしていない。好きなものがあって、ただその好きなものだけは手放すまいと悪あがきしてきた。振り返ると、そういうことじゃないかと思います。

ただ私は、相手が嫌いなことは、できるだけしないようにしてきました。私は、大きな人生の基本については、夫の言う通りでいいと思ってきたんです。

例えば、夫は賭け事が嫌い。理由は聞いたことがないけど、とにかく嫌いだというから、あえて逆らわない。だから、私はスロットマシンくらいはカジノで少しはやったことがありますけど、麻雀《マージャン》も花札もしない。

**三浦**　飲む、打つ、買う、が楽しいとはとても思えないから。

**曽野**　私にも嫌いなものがあります。為政者、権力者にへつらい、ヘコヘコすること、嫌いです。そんな夫だったらものすごく嫌だと思いますけど、二人ともそれだけはしたことがない。

三浦　嫌いなことや、やってはいけないこと、というのは一般論ではないんです。一人ひとり違うんですね。そこは注意が必要です。

そして、お互い、好きなものを大事にして、やりたいようにやってきた。とは言いながら、実は大きく影響しあってきたこともたしかなんですよ。

彼女の母親は福井県の港町の出身ですから、魚料理が好きで上手なんです。だから彼女は、子どものときから魚で育った。一方、私は肉屋もなけりゃ魚屋もないところで育ちましたから、肉といえばコンビーフ、魚は日魯《にちろ》漁業の鮭《さけ》の缶詰。

ですから、結婚したら、食卓に魚が始終出てきてうんざりするわけです。ところが、何十年も一緒にいると、いつのまにか自分も影響を受けている。魚は嫌いだったはずなのに、「今日の魚は昨日の魚よりうまいじゃないか。これはどこの魚だ」なんて聞いたりしているわけです。

干したカレイを軽く焼いたものが大好きになって、一人で朝飯を食うときにも、塩鮭のアラを焼いて細かくして、昨日のご飯があるから雑炊にして食うか、なんてことを考えるようになりましたから。

男と女が一緒に暮らすようになると、違う部分というのはとても新鮮で、珍しいもののはずです。それを肯定的に受け止められるか。そして結婚した後に、二人で共通のものをどのくらい広げていけるか、が大事なんです。

## 「これくらい我慢しよう」が夫婦の愛情

**曽野**　私が一番嫌いなのは、オール・オア・ナッシングなんです。「絶対にこれは嫌」「絶対にこれはやらない」。こういう人は誰と一緒になっても、とてもうまくやれないでしょうね。

**三浦**　我慢して相手を認めなければならないこともありますよね。私は朝、暗いうちに起きて窓を開けて空気を入れ換えるんですが、その窓の手前に彼女が植物を並べている。これが邪魔で、放り投げてやろうかといつも思うんですが、これやるとまたケンカになるから、この際、我慢しようかと（笑）。

**曽野**　「これくらい我慢しよう」というのが、夫婦の愛情ですね。そのくらいがいいんです、お互いに。無理しなくてもいいんですよ。いい加減に、相手の目をくらましながら生きていくのが、私は好きですね。そのほうが楽しいですから。

寛大さは必要です。寛大さがなかったら、夫婦生活、結婚生活は地獄になります。

いちいち目くじらを立てて、すぐに怒ったりして。思う通りにいかないことを笑って楽しむような空気がないと、いたたまれないでしょう。

三浦　共通の理解があればいいんです。夫の言い分、妻の言い分なんてことがよく言われますが、そんなものはきりがない。夫に従うか、妻に従うか、ということも同様。

当人は相手に従っているつもりでも、実は相手から見ると、従ってくれていないじゃないか、ということになるかもしれないし。妻も夫も、こっちの言い分なんて聞いてくれないし、こっちも言ってもしょうがない、ということを最初から理解しておくことが大事なんです。

## 夫婦のルール 1　結婚生活の心得

- 「いいか悪いか」ではなく、互いの「違い」を受け止める
- 人生は「想定外」が当たり前。結婚に理想を求めない
- 妻の文句は夫への「アイ・ラブ・ユー」と思えばいい
- 夫婦の危機を避けるには、肩の力を抜いた「行書」の発想で
- お互いに「これくらい我慢しよう」の気持ちを持つ
- 思う通りにいかないことを「笑って楽しむ」

# 第2章

# 夫婦ゲンカで夫が勝ってはいけない

## 夫婦で「今日の失敗」を笑いあう

**曽野**　家庭には仕事を持ち込まない、という人がいますが、私は、亭主は家で仕事のことを話したほうがいいと思う。ぺちゃくちゃとしゃべる中には、愚痴《ぐち》も当然、入るでしょう。「上司のバカ」とか、「この頃の若いもんは！」とか、いろいろあってい い。

結婚というのは、もう一つの人生を同時に味わうことですからね。だから、黙っている夫というのは、失礼だと思う。そして話しながら、やっぱりお互い笑えないといけない。

黙っている夫と黙っている妻。両方とも黙っているのが趣味ならいいですけど。でも、もし人生の楽しみを少しでも味わいたいと思っているなら、黙っているのは、すごくつまらないと思う。

三浦　今日の失敗、みたいな形で笑えるのは、いいですね。そういう形で自分の苦労を客観化し、夫婦で笑いあって済ませられたら楽しい。

仕事の話というと重くなりがちだから、仕事の話を家でしないで、とか、仕事を持ち込まないで、ということになる。だから、重いものにしないようにして話すんです。

曽野　うちでは朝ご飯はゆっくり食べるのが習慣なのに、彼が文化庁長官を務めていた一年数ヵ月は、四〇分ほどしか時間がなくて。それでも食べながら話をしていたんですが、しゃべるのは、前の日の失敗の話ばかりでした。テーマはそれだけ（笑）。自慢話をされるんでなくって、ほんとうによかったわ。

それこそ、妻に何か隠していると思われないためにも、夫はどんどんしゃべったほうがいい。オレは浮気はしていない、という証拠のひとつにもなりますよ。

今も一緒にいるときは、ずっとしゃべっていますね。それこそ、底抜けにしゃべる。今日はどういう人と会って、どんな店に行って、どんなものを食べたのか、どんな知識を得たのか。二人とも作家ですから、くだらないことでも描写力はすごい

（笑）。オールスターキャストを登場させて、その日の感動を毎日、語っています。「アフガニスタンにはパシュトゥン人っているのよ。パシュトゥン人の話すパシュトー語って、聞いたことがないなぁ。それとパシュトゥン人にはホモセクシャルが多いんですって」なんて。この人は上の空ですけどね。私は、まことに素朴な疑問をいつも持ち続けていますから。

この同性愛者の件は最近ようやくわかりました。町に女性がいないんです。つまりイスラムの掟に従って、女が一人でも、複数でも、町を歩くということがない。だから、女性に会えないどころか、見たことがない。そんな町もあるわけです。

## うまくない家庭料理こそ長寿食

**曽野**　もうひとつ大事なのが、家で食べる食事です。私が家でちゃんとご飯を作るようになったのは、五〇歳を過ぎてからですけど、今でもこれだけは絶対に手を抜かない。家にいれば、大体自分で料理する。メニューを考えるのは面倒なので、すごく荒っぽくて、一食を魚、一食を肉にしています。これも、いい加減に考えるのがいい。一種の思い込みかもしれませんが、家で作った食事というのは、何か魔力のような大きな力が潜んでいると思うんです。栄養学的には、ちゃんと栄養士さんが計算したもののほうがいいのかもしれません。でも、家で作った食事には、「今日はイワシが安かったから買ってきた」とか、食卓に上るまでのさまざまな経過がある。その中に、それぞれの家の個別的な意味があると思うし、それが夫婦の会話にもつながる。だから食いしん坊も手伝って、食事だけは一生懸命にやりましたね。

三浦　私は子どもの頃から店屋物などに慣れていませんから、家で食べる食事しか知らなかった。母は料理が苦手でしたから、家庭のメシなんて大したものじゃないとずっと思っていました。今もそう思っていますけどね（笑）。

ただ結果的に、妻が作った家庭料理というのは、栄養的にバランスが取れて、長生き用にできていたと思うんです。脂っこくなく、タンパク質も野菜も適当にあって。だから、うちの食事はうまくない、うまくないと思いながら、うちの食事のおかげで八〇代後半まで、たいして病気もせずにやってこられたんですね。

曽野　干物、ほうれん草のおひたし、しらす干し、煮物……。そんなものですよ。うちの母は田舎者でしたから、西洋料理と名のつくものはできなかった。チキンライスやカレーライスくらい。でも、フランス料理が食べたかったら、どこかで食べてくればいいわけですから。

そうそう、昔飼っていたボタという名の猫が、とにかく新鮮な鶏肉《とりにく》しか食べなかったんです。冷蔵庫に少しでも長く入っていると、臭いがしてダメ。新鮮な鶏肉を焼き目をつけてきれいに焼くか、湯通しをしてやれば食べるんです。

そこで、ボタが食べなかった鶏肉があると、「よし、亭主に食べさせてしまおう」ということになるのね（笑）。

**三浦**　私は毎朝、サラダを食べるんですが、市販のドレッシングは原則、使わないんです。まず塩、イタリアのブドウから作ったビネガー、それからイタリアのオリーブオイルを混ぜて自分で作る。これがうまいんです。

しかも、毎日毎日、味が違うんですよ。あ、今日は塩気が足りなかったな、とか、酢が多すぎたな、とか。でも、この毎日毎日の違いが面白い。食わされるほうは、たまったもんじゃないかもしれないけど。

**曽野**　いや、そうでもないんです。だから、家庭料理は飽きないんですね。おかず屋さんのおかずになぜ飽きるかというと、いつも同じ味だから。出来合いのものは分量が正確。でも、残念なことに正確じゃないほうが、飽きずに食べられる。

そして、ぼやいたり言い訳したり、思い上がったり、そういうのが楽しいんですよ。自分の煮付けなら、そういう遊びができる。家庭料理が好きなのは、その点なんです。

「私のお金は私のもの。夫のお金も私のもの」

曽野　私たちは二人とも仕事を続けてきましたが、お金でもめたことはなかったですね。あるとき取材で夫婦のお金について聞かれて、正直に考えを言ったのね。わかりやすい英語で。

「My money is my money. His money is my money.」

つまり、うちにあるお金は誰が稼いでこようが、私のものです、ということです。ところが、何を聞き間違えたか、新聞記者が、

「My money is his money. His money is his money.」（私のお金も夫のお金も、夫のものです）

と書いた。そんな麗しいこと、考えたこともないのにね（笑）。正確に書いてくれないと困ります。

三浦　だから、夫というのはね、家を出るときは財布の中身を改めないといけないんです（笑）。女房がいつ、財布から金を抜いているか、わかりませんから。払おうと

思ったら、「あれ、一万円札がないぞ」なんてことも起こりえますからね。

**曽野**　うちでは、夫婦のお財布は一つなんです。そこから、好きなように使ってい い。でも、この人は使わないんです。興味がないから。

「今日食べた、かき氷は五〇〇円もした。あれは高い」とか、「もうあと二キロ歩けば大江戸線に乗らなくて済む。東京メトロなら二〇円安いから、少しだけ歩け」とか、いつもそんな調子。東京都知事が石原慎太郎さんだった時代には、あなたは「石原慎太郎に儲《もう》けさすことはない」って言うのよね。

**三浦**　同じ地下鉄でも、都営は高いから、なるべく乗らないようにする。

**曽野**　お金を使わなくても、楽しめる人なんですよ。いつぞやも、新聞にビジネス雑誌の広告が出ていて。「偉くなる人の手帳、偉くならない人の手帳」という特集だったんですが、それだけで勝手にいろいろ考えて、ニヤニヤしていたり。「僕はね、手帳を持ってないいんだ」と。本当に安上がりなんです。雑誌も買わずに広告ひとつで、午前中ずっと楽しんでいましたね。

最近は、中国の経済なんかにも興味を持って、上海《シャンハイ》の株価が何月にいくらだった、なんて全部知っている。中国の株なんて、うちは一つも持ってないんですよ。ただ、ある国の経済実態を知るのが面白い。それだけなんです。それでお金儲けしたことなんか一度もない。

三浦　ただ、世間とのズレを感じることはありますね。テレビを見ていると、ひな壇みたいなところに若い男女が並んでゲラゲラ笑ったり、何かをしたりしているんですが、どこがおかしいのか、まったくわからない。

曽野　私の母たちの時代は、爪《つめ》に火をともすようにしてお金を蓄えたものです。今はみんな、そんなことはまったくしなくていいかのように思っている。最後は国がなんとかしてくれるとでも、本気で思っているんでしょうか。

国家を信用しないということは、極めて重要です。いざというとき、備えがなくて、どうやって生きていくのか。

スイスの中産階級以上の人たちには、緊急時の食糧や生活物資を備蓄しておく義務があるんです。食糧その他、リストがある。水もそうです。東日本大震災で、水がないということがいかに大変なことか、多くの人が知ったはずです。ところがもう忘れられてしまっている。

うちでは昔から、常時二〇〇本くらいのペットボトルに水を入れて、備えてきました。私はアフリカに何度も旅行していますから、水対策の必要性は骨身にしみている、ということもありますけどね。

## 女房がいない自由を楽しむ

**曽野**　だから備蓄はするけれど、先の計画は立てません。起きたことには、いつも受け身。自分で予定通りに動かせると思うほうがおかしい。

そもそも私自身が、予想もできない人生を送ってきました。結婚したてのとき、プロの作家として書きたいとは思っていましたが、作家になれるなんて思ってもみませんでした。翻訳でもして原稿料を少し稼げるような、そういう生活をしたいなと思っていた。

それが、とんでもなく忙しい生活になってしまった。口の悪い友達からは、「あなたたちが続いているのは、家庭内別居しているからよ」と言われ続けてきましたが、良いにせよ、悪いにせよ、忙しさも予測できなかったことでした。

**三浦**　夫婦円満の秘訣をよく聞かれて、家庭内別居という言葉がよく出てたね。

**曽野**　夫婦の時間を長くしないのは、ひとつのコツでしょう。私はしょっちゅう旅に出ましたけど、「行っていいでしょうか」なんて言わないんです。「では、インドネシアに行きますから」でおしまい。

三浦　だから亭主は、女房はいてもいなくても同じだ、くらいになれなきゃいけないんですよ。だいたい女房というものは、亭主が働いてお金稼いで生活維持しているうちはともかくも、働かなくなって年金になったらね、日ごと月ごと年ごとに意地悪になると思ったほうがいい。

ある年齢になったら男は、女房がいなくても、衣食住ができるようにしないといけない。

曽野　だから、この人は今も二日とあけずに本屋に行くんですが、私はいつも「すいませんけど、牛乳を二本買ってきてください」とお願いするんです。

買い物すれば、世の中のことがわかるようになる。牛乳がいくらするのか、それくらいわからないようでは人間としても生きていけませんから。つまらないことかもしれませんけど、社会から切り離されてしまう。自分一人で生きていかれるようにしておくには、絶えず、この世のつまらない雑事に触れていないとね。

三浦　そして妻が旅行に行ったりするときこそ、鬼の居ぬ間のなんとやら、で普段は食おうと思って食えないものを食いに行ったりするわけです（笑）。

曽野　女房がいない自由を楽しむのね。むしろ、よく出て行ってくださった、だから自分が楽しめる、と思えばいいんですよ。

三浦　女房がいなくたって、飯《めし》くらいは炊けますからね。そしてデパ地下に行くと、おや、世の中にはこんな食い物があるんだ、と驚かされるわけです。

## 夫は進んで弱者になれ

三浦　結婚生活が長いからといって、ケンカもしない、夫婦円満で、いつも平和なんてわけではない。対立は始終です。

ただし夫婦ゲンカでは、夫が勝ってはいけないと思うね。基本的に男は論理的にやり込める。対して女性は感情を裏付けにしているから、論理をもってすれば勝てないことはない。

しかし、仮にやり込められたとしても、女房というものは、そのことを執拗《しつよう》に覚えていて復讐《ふくしゅう》する。例えば、私の嫌いなものを食卓に並べる。私が渋い顔をして、何か言う前に先手を打つ。

「これね、安かったのよ。明日まで持たないから割り引きしたのね。経済的でしょう」

女房は家事を掌握していますから、夫は無力なんですよ。自分から先頭に立って、買い出しや料理をするわけにもいかない。

だから、夫は夫婦ゲンカに勝ってはならないんです。こちらが弱者になれば、相手は女性だから、雨に濡《ぬ》れた子犬を見るように憐《あわ》れんでもくれる。そして、三度に一度は、こちらの好きなおかずを用意してくれるんです。

だから、夫婦の間で意見の不一致ができたら、夫はその場で両手をついて「悪かった。この通り、許してくれ」と平身低頭するのが、安全無事だと思っているんです。

**曽野**　そういうことは、あるかもしれませんね。そのほうが事は収まる。

私の父は後を引く人だったんです。だから、私はだらだらと不愉快なことで後を引かない。どんなに腹が立っても、ケンカはお茶の時間か夕飯まで。ご飯は大切なものですから、聖域として楽しくしないといけない。

それと、不満や不平、ケンカの原因は相手にちゃんと言う。それこそ、どうしてふくれっ面をしているのか、知らせないのは陰険でしょう。私はとにかく、陰険は嫌いなんです。だから、私は今、このようなことについて怒っている、ということははっきり言うことにしたんです。できるだけ、簡潔に。それをあちら様がどうお取りになろうが、知ったこっちゃないんだけど（笑）。

**三浦**　これが始終あるわけですからね。どうしてこんな根性の悪いのと結婚したのか、若いときよほど美人だったんだろうかと思って、秘書に「彼女の若いときの写真を探してみてくれ」とお願いしているんだけど、いつも探してくれない（笑）。

## 「なせばならない」のが人生

**三浦**　夫婦生活を円満にするには、「まあ、どうでもいいや」と、いろんなことに折れることが大事だね。

**曽野**　そう、絶えず折れること。人間、折れるって大事ですね。

**三浦**　それと、あきらめること。いろいろ言ったって、しょうがないですからね、この女房に（笑）。六〇年も一緒にいると、表も裏も見えるから、何をしても言っても無駄だ、とわかる。だから、何か思っても、自分で飲み込む。

**曽野**　人生であきらめは本当に大事ね。あきらめを持たないから、大変になる。あきらめることを覚えたら、ラクになれるんです。

それと、私はいつも悪いことばかり考えていますからね。最悪の事態を想定している。こんなことになったら、あんなことになったら、と。すると現実は、それより少しましなことが多い。でも、いったん起きたら、あきらめる。そう思うことにしているんです。

東京オリンピックのとき、東洋の魔女と呼ばれたバレーの選手に対して、「なせばなる」と監督が言われて、その言葉が大きく取り上げられました。なせばなる、何でもできる。でも、私はそれを聞いて、ムカムカした気持ちを抑えられませんでした。そんなわけがないからです。

私たちの人生というのは、「なせばなる」ものじゃないんです。頑張ったって、どうにもならないことは多いと思いますよ。「なせばならない」のが、私たちの人生なんです。

皆、きれいなことばかりを追いかけすぎる。私は、人間はとても不純な生き物だと思っています。不純な動機で動くのが人間なんです。そういう不純の中に、あるいささかの思いを生かし続けられれば、ありがたいとしなきゃならない。

**三浦**　私が自分は嘘つきだと言ったのも、自分があらゆる瞬間に誠実であるなんて、そんなことができるわけがない、ということだからね。

**曽野**　ずるい言葉かもしれないけれど、私はそれが悪い言葉だとは思わないのよ。だって、私はずるく生きてきたから。子どものときから、父をごまかすために、ずるさも身につけました（笑）。

ずるさというものは、生きるために必要で仕方のないものだと、幼い頃からわかりましたからね。それがわからなくて、ずるさは悪い、と言う人にこそ、困っていました。そんなきれいごとでは生きていけないのに。

本当はね。笑いごとじゃないことは、笑いごとにしないと困るんです。

だから私は、いつも下を見て生きてきたんです。そうするとね、ありがたいな、と思う。この家はもう建てて五〇年も経ちますけど、雨の漏らない家に住めて、毎晩お湯が出て、洗濯機があって。これが、どれほど幸せなことか、とばかり思ってます。

**三浦**　それと忘れること。忘れないってことは、不健康なんですよ。どんどん忘れるようにしたほうがいい。都合の悪いことは特にね（笑）。

## 夫婦のルール 2
## 夫婦円満の秘訣

- 仕事の話を家庭に持ち込み、失敗を夫婦で笑いあう
- 「家庭内別居」は円満のコツ。妻のいない自由を楽しむ
- 夫婦ゲンカで、夫が勝ってはいけない
- どんなに腹が立っても、食事の時間は楽しくすごす
- 「なせばならない」のが人生。あきらめを覚えれば楽になる
- 「笑いごとじゃないこと」こそ、笑いごとにする

第3章

# 夫婦も親子も「裏表」があっていい

## 入り婿を選んだ理由

三浦　私たちは一九五三年に結婚したんですが、新居は曽野の実家でした。いわば私は入り婿《むこ》のようなものですが、もともと、そのほうがいいと思っていたんです。

私には姉が一人いて、よく母親と壮大なケンカをしていました。母は姉をほうきを持って追いかけ回すんですが、姉は敏捷《びんしょう》であっという間に逃げてしまう。息をはずませた母は、私の部屋にやってきて、「娘でもこんなに憎いんだから、お前の嫁だったら、どんなに憎いだろう」と言っていた。姉が実家に帰ってきたときも、最後は必ずケンカです。姉が玄関をバシーンと閉めて帰って行き、一五秒くらいすると戻って来て、「鬼ババ!」と叫んでいる。

こんな母でしたから、これは、結婚したら家は出たほうがいいぞ、と思ったんですね。

それに、妻の母親というのは、婿に対して遠慮があるものです。特に娘が小説なんか書いていると、親は引け目を感じるわけです。どちらかというと入り婿のほうが、老いた世代と若い世代の争いがなくて済むんじゃないかと思いますね。

**曽野**　当時は、自由に住居が選べる時代でもなかったですしね。住宅が不足していましたから。田園調布の実家も、私が子どもの頃に建てた家ですから、かなり古くて、至るところ腐っていたり、すきま風が吹いていたけれど、そこに住むよりしょうがなかったんです。選べないというのは、いいことだったかもしれないですね。

**三浦**　ただ当初は、彼女の両親が離婚して、義母が家を出て私たちと一緒に住むことを前提にしていたから、私たちは別途、大泉学園に土地を買っていた。

**曽野**　ところが、父が突然、こんな古い家には住みたくない、と言い出したんです。ちょうど郊外にいい家が売りに出ているから、それを買って自分が家を出たい。代わりにお前たちがここに住め、と。そこで、私が父と正式に売買して、元々住んでいた家を買うことにしたわけです。

いくらで買えばいいのかわからないから、税務署に行って相談して、適正価格で買いました。大泉学園に買っていた土地を売って、お金を作って。父も、他人が住むよりは私に売ったほうがいいと思っていたでしょうね。

## 気遣いしないのが円満同居のコツ

**三浦**　結婚した当時、彼女はまだ女子大生でしたから、同居していた彼女の母親が主婦の役をやってくれたんです。彼女は、主婦としての役割はあまりしなかった。というより、しないで済んだ。

**曽野**　家事は小学生のころからしつけられてましたから、何でもできましたよ。でも、忙しくて。卒論もあったし、小説を書くのも大変だったし。駆け出しでしたから、やっぱり四苦八苦してやっているわけです。

結果的には、私に入ってくる原稿料はお手伝いさんに使っていました。

**三浦**　私は結婚してからずっと義理の母と暮らしていて、心地よくさせてもらっていましたね。三度三度の食事から、掃除、洗濯まで、彼女の母が家事の総監督をしてくれた。

**曽野**　この人も、そんなに気遣いをしないんです。しらじらしく声をかけるとか、お礼を言うとか。でも、そういうことをしないから、お互いにラクだったと思う。

三浦　一方、私の両親には、よくやってくれていましたね。当時、両親は高円寺に住んでいたんですが、まだ環状七号線が通っていなかった時代。東京オリンピック前であちこち掘り返していて。だから車で行くと、ひどく時間がかかった。

曽野　なのに、どうして車だったかというと、手料理を持って行きたかったからです。お鍋を下げて電車には乗りにくいでしょう。何かしてあげるなら、料理くらいだろうと思って。月に二度、三度は通っていましたね、様子を見に。ただ、一度に持って行ける料理はせいぜい、二、三食分。それで後に、思い切って両親を呼び寄せることにしたんです。私たちの家の隣に。

私のご都合主義です。通うよりも、一緒に住んでもらったほうが面倒がない。それで、結婚後一〇年ほどして三浦の両親に、隣へ引っ越してきてもらいました。

彼のお母さんは、身体が丈夫ではなかった。しかも六〇歳を過ぎて、体調を崩すことが増えていきました。

そんなときに、たまたま隣の敷地が売りに出たんです。お金がなかったから、半分だけ買ったら、その上に古い家がついていた。割としっかりした家で。

三浦　それから、同じ敷地に三畳くらいの父の書斎を建て増した。

**曽野**　義父は、本物の文化人でしたからね。イタリア語の専門家です。自分の傷だらけの机がひとつ置ければ、住むところはどこでもいい、という人だった。

もともと隣の家だったので、義父母の家とうちとはほんの数メートルは離れている。これも良かったと思いますね。後に改築して、軒伝いに行けるようにしましたが。

## 親の世話は、つかず離れず、心をこめずに

**曽野**　義父母の食事は、こちらで全部、作って運びました。言ってみれば、わが家は親たちの〝給食センター〟です。三浦の両親は、朝が遅くて、お昼は午後一時くらい。生活時間帯が違いますから、それぞれ都合のいいときに食べるとなると、別々のほうがいいんです。

**三浦**　親と一緒に食卓を囲むような生活はしませんでした。私の両親は別棟に暮らしていましたから、それこそ近すぎず遠すぎず、だったためか、いわゆる嫁姑《しゅうとめ》の争うチャンスもなかったですね。

**曽野**　むしろ一緒に暮らしていたから、手抜き、片手間が許されたのよ。

三浦　彼女も忙しいし、私の母は八二歳になるまで、柿の木に登って柿をもいでくるような人でしたから。自分のことは自分である程度できましたし、食事も、食べたいものがあれば自分でも食べられますからね。

母は新潟の人ですから、それなりに好みもあるんです。塩鮭なんて、一本まるごと買ってきて、天井からぶら下げていた。でも、戦後の塩鮭は昔と違って塩が効いてないし、東京は暖かいから、腐ってしまう。そうすると怒って、塩鮭に向かって「お前なんか、塩鮭のツラヨゴシだ」と怒鳴ったりして（笑）。

父は貧乏なくせに、お金に無欲でした。それはある意味、とても助かりました。私は何でもメモする癖があるんですが、父と一緒に旅行したとき、「お父さん、駅から宿屋までタクシーいくらだったかな」と聞いたら、「お前、妙な趣味があるな」と言われたことがあります。お金にはまったく関心がないんですね。

曽野　本当に無欲でしたね。全然、贅沢《ぜいたく》をおっしゃらなかった。そして時々、何かがあったときにご飯を一緒に食べましょう、というくらい。それくらいで丁度いいんですよ。

それでも、人から鮎《あゆ》をいただいたりするでしょう。そういうときは、私は真っ先に老世代に食べさせたいんです。うちにはルールがあって、早く死にそうな者から先に食べる（笑）。

おいしい鮎があったら、子どもではなく、まず老人から。そうすると、目の前にした息子がおかしなこと言うのよ。「お母さん、僕は一生貧乏して、鮎なんか食べられないかもしれないから、今、僕にも食べさせてください」。こういう交渉術は大事ですね（笑）。

でも、基本は年寄りから。いただいたお菓子でも何でも、最初に親たちのところへ持っていきましたね。恭《うやうや》しく持っていったりしない。それがルールです。なんでも心をこめちゃダメなんです。炊事も洗濯も同じことです。心をこめないでやるから、ラクに続くんです。

## 老人は老人で勝手にやれ

**三浦**　三人の年寄りにはそれぞれに、不満とか対立はあったかもしれません。でも、細かいことに関わると、家中がメチャクチャになりますから、老人は老人で勝手にやれ、というスタンスでした。

**曽野**　三浦のお母さんが、家出したこともあったんです。私はおばあちゃま、おじいちゃまと呼んでいましたが、おばあちゃまは、おじいちゃまに許せないことがあったのね。

コタツで向きあっていると、おじいちゃまが喉《のど》のイガイガを取ろうとして大きな咳《せき》をする。そのときにコタツ布団を汚すことがあった。よくあることなんです。でもね、妻は許し難く思うときがある。それで、おばあちゃまはあるとき、「じいちゃんのこと、よろしく」って、出て行っちゃった。

ご自分で高崎の先にあるホームを見つけてきて、一三ヵ月、家に帰らなかった。でも、私は何でも思い通りになさるのがいいと思いました。

その間、おじいちゃまは私たちが面倒を見て、一方で高崎まで、おばあちゃまの様子を見に行っていました。一〇日にいっぺん、誰か親族が訪ねるように予定表を作って。ところが、この人が文化庁長官になって行けなくなってしまったから、私と義姉が交代で通いました。

大したことはしていないんです。「瓶詰めの海苔《のり》を買ってきてほしい」と言われて、買っていったり。そういうことが大事なんですよ。忙しくったって、それは優先でしょう。カトリックでも、お見舞いは最大優先です。まあ、でもこれも、当たり前のことですよ。

三浦　親たちが年をとっていくと、いろいろ難しいことも起きる。

曽野　家が古くなってきたから、何度も建て替えようと言ったんですが、嫌だとおっしゃる。実は半分、いや半分以上、私のためだったんです（笑）。だって、自分が行ってお世話をするとき、古い家は寒くて嫌でしょう。ところが、もうすぐ死ぬからって拒否される。でも、それもひとつの判断です。

結果的に、自分たちの住む家を直し、お姑さんたちのほうはほったらかしにした。人からそう思われても、私はかまわなかった。当人がいいほうがいいですから。

## 嫁も姑も「少し嫌な思い」で折りあう

三浦　そもそも親子や嫁姑というのは、最初からうまくいかないものと思っていればいいんです。

曽野　うん、私はそう思ってました。うまくいくなんて幻想を持っちゃいけない。それにしては、あまりケンカしなかったですね。振り返ってみたら、私がどうしてもやりたいと思うことは、やっていたからかもしれません。

おじいちゃまもおばあちゃまも、何かを変えることを、とにかく嫌がられて。ただ、当人がいいからいい、というだけでは済まないことも時にはあるわけですね。だから、おばあちゃまが入院したりすると、私はその隙《すき》に、全部の畳を替えて、障子を張り替えてしまいました。入院をこれ幸いなんですよ。退院後、おばあちゃまは嫌そうでしたけど。これも折衷案なんです。必要なことですからね。私も少し嫌な思いをして、相手も少し嫌な思いをして。その中間で折りあう。

決して満足はしていなかったと思います。でも、あきらめていたんでしょう。しょうがないな、またやられた、と思って。

一番、困ったのは、布団でした。義母は新潟人ですから、重くて分厚い布団が好きなんです。私の母は福井県で贅沢な気風だから、ふとんは軽くないといけない。綿はすぐに打ち直すし、外側が汚れてきたらカバーは替える。気質の違いがここでも出た。

ホームドクターが往診でいらして、姑たちをひどい布団に寝かせてると思われたら、と最初ちょっと気になったんです。ただ、当人が好きならそれがいいかな、と。そう思って、あっさりと悩まなくなりました。だから、ケンカもしなくて済んだ。

三浦　こちらに実害はないしね。

曽野　そうそう、小さな坪庭が義父母の家の裏にあったんですが、手入れをしていないのに、私にはハサミを入れさせないんです。だから、ヤブ蚊がたくさん飛んでくるようになった。それで、おばあちゃまが入院してるとき、パッパッパと切っちゃった。おばあちゃまは、「私のあじさいを切った」と思われたでしょうね。

でも、切っちゃったものは、どうしようもないでしょう。やっちゃえば勝ち。あとは、知らーん顔をしていました（笑）。もちろん、大事なものには手を出しませんけどね。

## 「不実」も夫婦の面白さ

**曽野**　夫婦にも親子にも、裏表があっていいと思うんです。子どものときから、裏表のある子はいけない、なんて言われるけれど、せめて裏表くらい持てないと、どうにもならないでしょう。親には、いいことだけを言えばいいんですよ。それで、できるだけ心配させない。

私は、姑さんの悪口はそれほど言わなかった気がしますが、仮に夫に言ったとします。そうしたら、それを夫は自分の親に伝えなければいいんですよ。むしろ、女房がこんなに褒めてた、っていうことだけ言えばいい。そういう裏表がないとダメですね。

三浦　嫁姑の争いは、基本的には、自分の親との関係を再調整することなんです。それを、女房とオフクロの折り合いが悪い、と捉《とら》えてしまうのは、愚かなことですね。子どもが親に対してやるべきこと、できることは、平和に天寿をまっとうさせて、厳しい状況でない形で死なせてあげることだと思うんです。

曽野　それほど孝行もしなくていいし、それほど不孝もしない、という程度でいい。私の身の周りにもたくさん、絵に描《か》いたような親孝行がいました。でも、それが必ずしもいいわけでもない。辛すぎると恨みますからね。

三浦　夫婦というのは本来、家庭のしがらみを除いたら存在しないんです。親がいたり、子どもがいたり、社会があったり。やっかいなしがらみが実は重要なんです。

　これは一種の鏡、あるいはフィルターなんですね。夫婦というものを直視することは、たとえていうと太陽を見るようなもので、直接見ようとしても、まぶしいだけで何も見えない。太陽の光を受けている、森や家やさまざまなものを見るときに、太陽の性格がわかる。

曽野　夫婦って、面白いのよね。それは、義父母を見ていても思った。

三浦　母はケチでしてね。父が夜、コタツに入ってパイプをふかして、いつまでもテレビを見ているのが気に入らないんです。だから母は、あらゆるスイッチを自分の枕元に置いておいて、まずはテレビのスイッチをパッと切る。

父は「あ、停電だ！」と。部屋の電気はついているのに(笑)。それでもまだ煙草《タバコ》を吸っていると、今度は電気ゴタツの電気を切る。「あ、冷たくなった」。そして最後は、パッと電灯を消しちゃうんです。こういうのも、夫婦なんです。

それは悲惨なことではなくて、おかしい、いいことなんです。不実っていうのも、またいいんです。誠実もいいですが、不実もまた笑える。それが、夫婦なんですね。

## 子育ては母親にお金を払って

**曽野**　親と同居して、もうひとつ、非常によかったことがあります。それは、子どもの面倒を見てもらうことができた、ということです。

結婚して三年目に長男が生まれたんですが、小説を書くことと子育てというのは、両立がものすごく大変だった。これが、結婚生活で最初の大きな波だったんです。

ところが、両親が離婚して、母親が私の家にいたわけですね。だから、最初から計算したわけでもなかったんですが、子どもが生まれたら、母が面倒を見てくれる。子どもが風邪を引いたりすると、母が添い寝をしてくれる。

これはありがたかった。私はすぐ隣の部屋で小説を書いていて、何かおかしいと思ったら、一〇歩で行くことができるわけです。子どもと離れているわけでもなく、ずっと見ているわけでもないという、理想の状況だった。

つかず離れずで、不安を持つ必要がなかった。母も喜んでくれていたでしょうし、子どもも育って。

三浦　私たちは二人とも忙しかったですからね。夫婦二人では、とてもこまめには面倒がみられなかった。息子は彼女の母親が育てたようなものですね。

曽野　子育てで大事なのは、時間なんですよ。母がお針箱を持っていて、その中にボタンの引き出しがありました。息子はそれをひっくり返して、ボタンを入れたり出したりする。これが楽しい。子どもにとっては、とても大事な時間なんですね。

でも、ボタンを口に入れたりしないか、ちゃんと見張ってないと危ない。私は忙しくてとても見ていられなかった。それをしてくれたのが、母でした。子どもはいじりたいだけ、面白いボタンをいじることができた。

三浦　いや本当に、子どもが大過なく小学校卒業まで育ったのは、彼女の母親のおかげです。

**曽野**　だから、私は思うんです。どうしてみんな母親と一緒に住まないんだろう、と。今は働く女性が増えたわけですから、なおさらです。

子育てのためには、親と同居することです。もちろん親の性格にもよりますけど、母親にちゃんとお金を払うといい。そうすれば、親に甘えている、という思いも持たなくて済む。雇用の創出かもしれませんしね。別に高い給料をあげる必要はないんです。おばあちゃんだって孫の面倒をみたいんだから。でもお金をもらっていると思えば、少しくらい腰が痛くてもやれるし、やりがいがある。そういうものなんですよ。

夫婦のルール 3

## 親とのつきあい方

❖親の世話は、つかず離れず、心をこめずに
❖老親同士の不満に、子世代はかかわり合わない
❖人にどう思われても、本人の意向を尊重する
❖嫁も姑もお互いに「少し嫌な思い」で折りあう
❖夫婦にも親子にも「裏表」があっていい
❖母親に子育てを頼るなら、ちゃんとお金を払う

# 第4章

# 「子どもに取りつく親」になってはいけない

## 「みんなと同じ」はダメ。他人と違うことをやれ

**三浦**　子育ては彼女の母親にずいぶん世話になったわけですが、教育方針のようなものは意識しなかったですね。気にかけたのは、せいぜい病気をしないようにするとか、それなりの服装をさせるとか、まともな食べ物を食わせるとか、それくらいではないでしょうか。

ただ、今もひとつだけよく覚えていることがあります。息子が小学校三年生のとき、親子三人で食事に行こうとしたら、息子がテレビの前から離れないんですよ。「友達みんなが見ているから、僕だけ見ないのは、具合が悪い」と言いましてね。

**曽野**　『赤胴鈴之助《あかどうすずのすけ》』ですよ。

三浦　私はそのときに、ものすごく怒ったんです。「みんなが見るからお前も見るのか、うちは他の子と同じであってはいけないんだ」と。それで、テレビを庭に放り捨ててしまった。

息子が大学入試を受ける頃、もう自分でコントロールができるだろうと思って、テレビを買ったんですが。だから、一〇年くらい我が家にはテレビがなかった。

曽野　息子が高校一年のとき、うちに強盗が入ったんです。おまわりさんがやってきて、息子の部屋にも現場検証で入ったんですが、驚いていました。「息子さんの部屋にテレビがないんだね、この家は」と。

私はそんなの当たり前だと思っていましたから、どうして驚かれるのか、不思議でならなかった。

三浦　私が子どものとき、宿題をしていたら、父が変な顔をしたんです。「それは何だ?」「宿題」「先生がやれと言ったのか」「そう」「お前、妙な趣味があるな。やりたいのか」「やりたくないけど」……。そうしたら、「やりたくないことをやるのはドレイだ」と言われて（笑）。宿題をやるなんて、妙な趣味だ、と親が語る家だったんです。

祖父の代から、うちのやり方は、他の人と違うことをやれ、ということだったんですね。他人と違うことをやるから生きていける。他人と一緒になったら、うちの人間はダメなんです。だから、息子を強く怒った。本当に強く怒ったのは、それくらいですけどね。

## 親が禁じれば、子どもは自力で解決する

**曽野**　ただ、息子も相当なものでした。駅前に床屋さんがあったんですが、ある日そのおじさんが、「お宅の息子はすごいね」と言うんです。

「おじさん、漫画を買ってきてよ」って言うから、「今度な」と生返事してたら、「今すぐ買ってきてよ。隣が本屋でしょ？」と言ったんですって。「読みたい漫画を注文するんだ。大した度胸だよ」。

きっと友達づきあいをするときに、その漫画を読んでいないと具合が悪かったんですね。でも、うちでは買ってくれない。だから、床屋でこっそり読んでいたわけです。床屋では後から来た人に、どんどん順番を譲っていたんだそうです。「お先にどうぞ」って。それで、続きが読みたかったから、おじさんに頼んだんでしょうね。

親が禁じると、子どもは何とかして自力で解決しようとする。合法的にちゃんとそ

れを乗り越える道を覚えるんですよ。だから、親の趣味に合わないものには「ノー」と言っていい。全部の親が同じである必要はないんです。

三浦　子どもはいろんなことを自分で考えるんですね。息子が小学生のとき、先生に呼び出されたことがありましてね。

「お宅の息子さん、学校の帰りに近くのとんかつ屋でコロッケを買って、食べながら帰っていくんですが、あれは良くないから、お小遣いの使い方をしっかり教えてください」

と注意された。でも、うちはお小遣いなんてやっていないわけです。それで、「お前、どうやってコロッケを買っているんだ」と尋ねたら、面白いことを言うんです。バス停があって、その前がドブになっていた。ドブには格子の蓋《ふた》がしてあったんですが、それを持ち上げると、一〇円玉がしょっちゅう落ちていたらしい。きっと、バスに乗る人が一〇円玉を落としたんでしょう。息子はそれを拾い集めてコロッケを買っていた。

曽野　最初おまわりさんの所に持っていって、「これ落ちてました」と言ったら、「坊や、取っときな」と言われたみたい。

三浦　一〇円玉一枚くらいならね。じつは、時には三枚落ちていることもあったけれど、三枚拾ったら警察に届けないといけない。でも、一枚ならいいだろうと（笑）。

**曽野**　だから、うちの子どもは孫も含めて、どこでもサバイバルできると思います。私もそんなふうにしつけました。全部自分で解決しなさい、と。

## 子どもには習い事をさせるな

**曽野**　子どもの教育をめぐって、夫婦で揉《も》めたことはありません。息子の教育に関しては、三浦の意見が優先、と決めていましたから。私の意見とは全然違った面もたくさんあったんですけどね。

例えば、私は息子に小さい頃から英語教育をしようと考えた。でも、夫は「いらない」と一言。それで「はい、わかりました」と譲りました。

私は子どものうちから英語に接していたから、英語が怖いものでなくなったんですね。下手な英語でも、何でも聞ける。だから息子にも英語を怖いものにしないために、早くから習わせようと思ったんですが、「そんなものはいらない」と言うんです。

**三浦**　英語をやるかやらないか、なんてのは、自分で決めるよりしょうがないんですよ。自分で必要だと思ったらやればいいし、親が決めるものではない。自分で好きなものや、やるべきものを見つけることが大事なんです。そういうことをしないから、ただ何でも覚えるだけになる。模範解答のある問題を解かせることばかりやるから、自分で考えられない。

私は一七歳のとき、旧制高校を停学になったことがあるんです。このとき二週間、実家にいて、それから高校に戻ったんですが、その後ろ姿を見て、母が「ああ、あの子はもう私の子ではなくなった」と思って涙を流したと言いました。母としては、息子と別れた、決別した、という瞬間があるようですね。

**曽野**　それは、みんなあると思う。そういうシーンが、私にもありますよ。でも、子どもはちゃんと自立をさせないといけないですから。

私自身、母親に取りつかれていたんです。最後まで。ですから、そういうことだけは、しないほうがいいと思いました。

母も最初はまともだったんですが、最後のほうになったらボケてきたんです。私の行き先へ電話をかけてきて、私を呼んでくれ、と言うようになって。「今、講演中ですけど」と電話口で対応されても、「でも、ちょっと呼んでいただけませんか」と言ってきかない。そういう下地を作ってはいけないと思って、私自身は徹底して息子を離してきました。

**三浦**　どうして小学校から英語をやらせなかったか、私なりに理由はあるんです。彼女が通っていたのは聖心女子学院という学校でしたから、先生やシスターに英語圏の人がいて、英語を使う必然性があったわけです。でも、息子は普通の小学校でしたから、英語をやる必然性がない。

英語をやること自体は悪いことじゃないし、親がやれと言えば、息子は真面目《まじめ》だから、真面目にやってしまったと思う。そのために心理的な負担をかけると思ったんです。これは英語に限らず、子どもには習い事をさせるな、と言いましたね。

## 「恋文と、借金を頼む手紙」が書ければいい

**三浦**　息子は一八歳で大学に行くために家を出て、それから生活を共にしていません。だから一八歳以降については、すべて彼の責任ですね。

**曽野**　やっぱり自立こそが重要なんです。私はそれを母に徹底して教育されました。

私は小さい頃から、母に作文教育を受けたんです。でも、それは文学をやるためじゃない。恋文と、借金を頼む手紙が書けるようになるためだ、とはっきり言われました。

「あなたがいつか結婚したら、相手はろくでもない男かもしれない。怠け者だったり、博打《ばくち》をやったりして、食い詰めるかもしれない。そうしたら、親子心中したくなるだろう。その時のために、借金を頼む手紙が書けなくてはならない」と言うんです。私が結婚する、ずっと前からですよ。

さらに、「もし借金を頼んでもかなわなかったら、盗みを働きなさい」とも言いました。ただし、盗むときには、すぐに見つかるようなところで盗むこと。そうすれば、すぐに捕まって、警察でご飯を食べさせてくれる。盗んだ物は、ちゃんと返せる。持ち主に損をさせてはいけない、んだそうです（笑）。

後で考えたら、とんでもないことを言う母だったと思います。でも、その意図はとてもよくわかります。本当に生きていくために必要なことは何か。それは、自殺せずにしぶとく生き抜くということなんですよ。

決して、いい大学に入ることとか、いい会社に入ることとか、そういうことではない。そんなものを手に入れたって、生き抜くことができるとは限らない。それを母は、よくわかっていたんだと思います。その状況は、実は今も、まったく変わっていないんじゃないでしょうか。

## 人間は平等ではない

三浦　戦争ですべて失ったのに、日本人はすぐに忘れてしまうんですよ。そして結局、同じようなことを考えるようになる。子どもが生まれると、いい大学にやって、いい就職口があればいい、と。ワンパターンなんですね。本当にいい大学に行く意味があるのか。いわゆる、いい就職をすることに意味があるのか。そういうことを考えないでしょう。

学校に行くのは嫌いだけれど、絵を描くのは好きだとか、写真を撮るのは好きだとか、自分はこの道に行きたい、という思いを許さない。

日本藝術院会員というのは定員一二〇くらいで実際は百数名なんですが、その人たちを見ると、絵描きにせよ、音楽家にせよ、文士にせよ、三分の一から半分は、いわゆる正規の専門的な教育を受けていない人ですね。そういう人たちが芸術的な業績を積んで、その方面で日本を代表する人間になっているんです。

だから、一芸に秀《ひい》でるためには、学校なんかに行くんじゃなくて、まず自分は何が好きか、あるいは自分が何に向いているかということを考えたほうがいい。その上で、学校が面白かろうと、くだらなかろうと、学校で停学になろうと何しようと、のびのびと自分らしく生きたらいい。

平等である、というスタートラインはいいんです。そこから先に、自分はこうやって生きて行くという道が見えていないのが、今の日本の困るところでしょう。

**曽野** 本当は平等でも何でもないんですけどね。平等なんて、ありえない。平等に、というのは、ひとつの願いとしては、いつまでも有効なものなんですよ。

そもそも人間は、まったく同じ身長とか、同じ体重とか、そういうことはありえない。同じ才能もありえない。だから私は、今の日教組的教育は、まったく信じたことがないんです。本来、人間は平等じゃないんだから。

夫婦だって同じです。平等じゃないから、その時々でどちらかがイニシアチブを取ればいい。それだけのことです。

それと、生きていくためには、勉強ができるだけでは、まったく意味がないわけです。私がよく言うのは、東京大学法学部では、卒業するときに、ご飯が炊けるかどうかをテストしてください、ということです。私の友人の旦那《だんな》さまたちに、この手の人がいっぱいいるの。

自分でご飯を炊けない人が本当に生きていけるのか、生きているつもりなのか。そんな感覚の人間を、世に出さないでほしいんですよ（笑）。

## 「いい親」になるより、自分の人生を生きよ

**曽野**　東大法学部を出た親なんか持ってしまうと、子どもはかわいそうでしょうね。「東大くらい入れよ」と当たり前に言われるから。

**三浦**　その意味では、息子にとっては、我々という両親は重荷だったと思いますね。

**曽野**　重圧でも仕方がない、というのが、私の考え。だって、変えようがないでしょう。それには、私は同情しなかった。みんな、それぞれ重荷を負っているということです。

**三浦**　息子がかつて言ったことがありますね。「国語の授業に、親父の名前もお袋の名前も出てくるなんていうのは、面白くないよ」と（笑）。

　だから息子は、犠牲者だと思いますよ。

**曽野**　なるほかなかったでしょうね、犠牲者に。でも、少なくとも彼には好きなものがあった。魚釣りとか、金魚を飼うことも含めますが、文化人類学という道です。だから、よかったんです。

もしかするとそれは、親父やお袋から逃げるためだったのかもしれない。でも、逃げるためでもいいんですよ。生きているというのは、重荷があるということですから。

三浦　だからね、本当は、悪い親のほうが、子どもにとっては重荷じゃないんですよ。いい親であることが、いいこととは限らない。

曽野　なのに、親はいい親になろうとする。それはね、親に自分の人生がないからですよ。自分の人生を生きたらいいんですよ、親が。

私は忙しかった。忙しくて子どもにかまってやれなかった。そういう一抹の自責の念みたいなものと、いや、それでよかったんだ、それが子どもとのつながりを健全な形で打ち切ったんだという安堵《あんど》感の両方を持っているんです、いまだに。

ただ、もっというと、自分が置かれた状況の中でどうするのか、というのは、実は子ども自身の問題なんです。たしかに、いい親が子どもにとっていいとは限らない。いわゆる世間的に悪い親が、子どもにとって悪いとは限らない。そこから、よくするのも、悪くするのも、子ども自身なんですから。

たまたま会った先生や友達から、いい影響をもらうこともある。ただ、親は選べない。だから、私は運命主義者なんです。少なくとも七五パーセントは。

あとの二五パーセントは、親たちが意図的に作る環境。だから私がずっと家族のために考えてきたのは、「風通しのいい家」である、ということでした。

## 食卓で「悪」について語る

三浦　風通しはよかったね。悪について語れる家だからね、うちは（笑）。

曽野　そう。あるときテレビで、学問の神様の菅原道真《すがわらのみちざね》を祀る湯島天神が取り上げられていたんです。受験シーズンになると受験生たちが合格祈願に訪れて、「合格しますように」と書いた絵馬がたくさん下がっていた。家族みんなでそれを見ていたときに、夫は一言こう言ったんです。

「バカだなぁ。オレだったら、あそこに行って、『私以外の他のヤツが全員落ちますように』と絵馬に書くのに」と（笑）。

三浦　そうしたら、間違いなく自分が受かるから（笑）。

曽野　そういう家だったんです。それを息子は隣で聞いていた。

でも、悪は大事ですからね。レンブラントの絵の魅力は影ですから。悪について語れれば、光がわかるんです。人生の崇高なものとは何なのか、自然にわかる。光ばかりだと、まぶしくて眼をつぶってしまう。

だから、親は悪についてしゃべらなくちゃいけない。私は、親子でご飯を食べながら、何でもしゃべる家庭が好きなんです。うちでは、ご飯のときにはテレビをつけさせなかった。そして、あらゆる悪いことをしゃべった。世間に言うのは、はばかられるようなことも（笑）。すると、子どもはその中で、こんなこと言ったらおっかないな、ということを学んでいくんです。

実際、大人はこんなくだらないことをしゃべっていいんだ、とも思ったでしょうね。大人が立派なことばかり言うと子どもはしゃくに障るけど、なんでこんなくだらないことを言っているんだ、そうか、くだらないことを言っていいんだ、と思ったら、ラクじゃないですか。

## 考える力を養うために「嘘を教える」

三浦　子どもには、嘘もよく教えたね（笑）。

曽野　教えました。嘘を教えるから、子どもは自分で嘘を見分けないといけなくなる。どんどんデタラメを言うんですよ、この人が。

**三浦**　私の姉夫婦のマンションに息子を連れていったら、ベランダから富士山が見えた。「ほら、富士山が見えるだろう。でも、あれは本物じゃないんだ」と（笑）。

**曽野**　親はせっせと嘘を教えた。それで、息子は嘘か本当か見抜く力を与えられたんです。

**三浦**　考える力を養うには、嘘を教えるのが一番いいんですよ。

**曽野**　ちょうど昭和三〇年代の半ば頃から、世の中が虚偽的になってきたんです。社会の状態が少しよくなったら、嘘っぱちが蔓延《まんえん》して、きれいごとが跋扈《ばっこ》するようになった。これに飲まれてはいけない、と思ったんです。だから、意図的に嘘をついた。

その頃ですよ、大宅壮一《おおやそういち》さんがお孫さんに嘘を教えたのは。お孫さんが新聞を持ってくると、大宅壮一さんは威張って受け取って、お孫さんに「ありがとう、と言いなさい」とおっしゃるんですって。本来は大宅壮一さんのほうがお孫さんにお礼を言わないといけないのに、嘘を教えて、お孫さんが「ありがとう」と言っていた。

でも、そのうちに、だんだん、おかしいんじゃないか、それはおじいちゃんが言うべきなんじゃないか、とお孫さんは気づいていくわけですね。

まさにこれこそが、嘘の効能ですよ。ちゃんと自分で考えるから、嘘が見破れる。嘘も、そうやって全部再確認させたんです。

三浦　別に、夫婦で示しあわせたわけではないですけどね。

曽野　私は外国に行って、いろんなものを見てきているわけです。だから、美談に酔ったりしません。国内でもそうです。人間というのは、善も悪もないんです。すべて中間。「これが人道的」とか「これは絶対悪」というものはない。

それを見極められるようになるのが、そういう教育であり、知的操作なんでしょうね。

三浦　だから、日本の子どもたちが、ペーパーテストの点数をよくするための勉強ばかりしているというのは、日本の将来にとって大変憂うべきことだと思います。有名人やメディアが言っているから正しいなんてはずがないのに、それを疑う力もない。だいたいね、答えのわかっている問題に答えられたって、しょうがないんですよ。

曽野　ノウハウがないと生きられない人間ばかりになってしまっている。私は、二三歳のときに初めて行った外国がパキスタンとインド、タイ、シンガポールなどの東南アジアだったんですが、そこで出会ったことは矛盾だらけでしたね。でも、それがほんとうにありがたかった。

ある国の東京の大使館で、ヴィザ発行の前には身分を調査するから調査料を寄越《よこ》せ、と言われた。それで、一万二〇〇〇円くらい払いました。ヴィザはシンガポールのその国の大使館で出す、ということだったんですが、行ってみると、そんな話は何も聞いていない、と言う。大使館員がネコババしたんです。その国はまあアジアの大国ですよ。しかし人間は腐っている。もう、そこから国家というものを信じてはいけないとわかりました。二〇代前半で非常にいい教育を受けたんです。

## 東大に入るより、サバイバルの知恵をつける

**三浦**　日本で入学試験が一番難しいのは、東大と京大の医学部ですね。日本には自然科学で二一人のノーベル賞受賞者がいますが、東大、京大の医学部の卒業生は、ただの一人もいないんですよ。要するに、入学試験の難しいところに入ってもダメなんです。

**曽野**　まず問題があって、答えをどう出すか。それが、東大に象徴される受験エリートでしょう。そんなものではついて行けません。少なくとも、うちでは。大事なことは、勉強ができることじゃなくて、世界で生き延びることですから。

**三浦**　そうやって育てられた息子ですから、そんな父親を持った孫も、かわいそうだったかもしれない（笑）。

孫は小学校一年のときに、親に連れられてインドネシアの東の果ての、ろくすっぽまともな食い物もないようなところに行ったんです。

**曽野**　モルッカ諸島でしょう?

**三浦**　ところが、衛生状態が悪いから、さすがの息子もお腹を壊して、苦しさのあまり、「僕はもうこんな田舎なんか二度と来ないぞ」と言ったんだそうです。すると、それを聞いていた孫が紙と鉛筆を持って、「お父さん、今言ったこと、ここに書いて」と(笑)。

だからね、孫が長じて専攻したのは、古代ギリシャ語でプラトンでした。これはインドネシアではできませんからね(笑)。孫もちゃんと、自分を守る術《すべ》を身につけたんです。

**曽野**　生きていくということの厳しさを、孫は厳しく教えられていましたね。

**三浦**　軍隊で教わった、「危険なところに行ったら、食前食中食後に水を飲むな」という教えもそうだったね。

**曽野**　私も守っています。それは、胃酸を濃くしておいて、菌が入ってきても殺せるようにするわけです。薬なんか、なくったって大丈夫なようにね。サバイバルの知恵です。

こういう話を夫婦でしていたのを、息子はちゃんと聞いているわけです。それで、孫がまだ小学校に入る前、やはり未開の地を連れて歩いていたとき、飲んではいけないと言っているコカ・コーラを、孫はガブガブと飲んでしまった。

やっぱり子どもですから、喉が渇いて、飲みたいわけです。そうしたら、息子が孫を、その場で張り倒したんだそうです。生きるということはいかに厳しいか。そのくらい厳しくしつけてあるんですよ。今だったら親が暴力をふるったって大変ね。でも孫はお父さんが大好き。一緒にいた息子の奥さんもびっくりしたようですが、子どもは殴らない、なんてことは、うちの家族では全然ないですから。殴ってでも、知らしめないといけないことはあるんです。

そういえば、息子たちのマンションに孫の友だちが遊びの誘いに来たとき、孫がグズグズしているから、息子が怒鳴ったらしいんです。友達が待ってるんだから、早くしないか、と。そうしたら、外で待っている友達のほうが、怖がって泣き出してしまったんですって（笑）。今は、親に叱《しか》られたことがない子もいるんですね。うちの孫は始終、息子に怒鳴られていますから、まともに育ちました。

**三浦**　そうか。孫も苦労してるんだな。それはやっぱり、我々のせいかな（笑）。

## 夫婦のルール 4 子どもの教育法

❖「みんなと同じ」ではダメ。他人と違うことをやれ

❖習い事はさせない。自分でやるべきことを見つけるのが大事

❖「子どもに取りつく親」になってはいけない

❖食卓で「悪」について語れる、風通しのいい家であること

❖考える力を養うために、あえて「嘘」を教える

❖いい大学に入るより、サバイバルの知恵を身につける

# 第5章

# 何事も「たかが」と思えばうまくいく

## お互いの小説は読まない

**三浦**　私たちは二人とも作家という同じ職業をやってきたから、仕事の内容も、つきあう相手も、お互いになんとなくわかっていましたね。

**曽野**　私は、同業者の結婚っていいと思うんです。やっぱり苦労がわかるでしょう。同じ医者同士でも、ご主人が板前で奥さんが仲居さん、というような形でもいい。同じような環境を知っていれば、お互いのことがより理解できるようになる。それは大事なことだと思いますね。

しかも私たちの場合は、お互いのことを、とことん、よくしゃべりますし。でも、お互いの小説は読んだことないですけど（笑）。

三浦　だいたい一緒にいると、この人がどういうことに興味を持っているか、どういうことを書くかということはわかっているし、書けばどんなものになるか、わかるでしょう。だから、書くものに対する好奇心は持たないし、書いた本も読まないですね。

曽野　ライバルだとか、そんな感情も一切ないですね。書けるものは書けるし、書けないものは書けないというのが実感ですから。「奥さんのほうが売れている」なんて言う人もいましたけど、そういうことで揉めたりケンカしたこともまったくない。お互いに文学の本質をわかっていたからだと思います。

そもそも三浦朱門という人は、感情的になることがありません。こうだからこうなるのだ、と物事を分析して考えるから、すごく喜んだり、悲しんだりということがない。

私は、小説には純文学とか中間小説とかいう区別はなく、その人にとって成功作と失敗作があるだけだと思っています。自分で書きたいものを書いているだけで、人の作品と比べてもどうにもならないし、収入の多少も関係がない。それが本質です。

私の友人の脳外科医は、「毎日手術をして疲れて帰ってきて、曽野綾子の小説なんて読んでられないよ。エロ小説のほうがよっぽどいい」ってはっきり言います。私はそれもよくわかる。だから、思い上がってはいけないんです。誰の文学だって、誰かに求められている。職業に貴賤《きせん》はないし、文学にも貴賤はない。

## 自分を発見する方法

三浦　私は最初に彼女を同人誌仲間に紹介するときに、彼女の作品をひとつだけ読んでいるんです。そのときに、才能があるな、と思いました。

「裾野《すその》」という作品ですが、主人公の娘がある家庭問題を抱えて、打ちひしがれて汽車に乗って帰るんです。夕暮れが近づいて、だんだん日が暗くなっていくと、山肌のあちらこちらにぽつんぽつんと、家々の灯がついていく。そこで、一つひとつの灯の下に、一つひとつの幸せと不幸せがある、といった文章があって、こういう見方ができるヤツというのは、才能があるな、と思った。そのとき、彼女は大学二年生ですから、非常に早熟だったと思います。

曽野　私は一作も読んでいないので、彼の小説にはコメントができません（笑）。

三浦　私の高校時代の親友に、芥川賞作家の阪田寛夫《さかたひろお》がいるんです。童謡の「サッちゃん」や「おなかのへるうた」の作詞者としても知られていますが、彼とは同じ組で、最初は仲が悪かったんですが、二学期に同じ部屋で暮らすことになりまして。ちょうど国語の教師で東大の国文科を出たのが二人いたんですが、和歌を作ると二人ともヘタクソなんですよ。それで、阪田と私とで「ヘタクソだなぁ。あいつらより我々のほうがずっとましだ」と盛り上がって。学校中で教師を含めて、あいつと私だけが才能があると思ってましたね。本は私のほうが読んでいたけれど、才能は阪田のほうがあると思った。

あるとき阪田に、「お前こんなことも知らないのか、バカだな」と言ったら、ヤツはノートに「バカバカと言わないで。カバは神経質な動物です」と書いてきた。

「お前な、同じサカタだから、金時みたいに馬や鹿と遊んでいるから、バカをひっくり返してカバなんて書くんだ」と返したら、少し考えてね、こう書いてきた。

「熊にまたがり屁《へ》をこけば、りんどうの花散りゆけり。熊にまたがり空見れば、オレはアホかと思わるる」

コイツのほうが、自分よりも文学的な才能ははるかにある、と感じました。だから、コイツはきっと詩人か作家になるだろうと。

私は彼より文学関係の知識は豊かだったから、編集者か、学校の文学の教師かな、と思った。そういう形で、高校時代に自分を発見したんです。

## 不純な動機も、時には必要

**三浦**　もともと本は好きで、英語の本も読んでいました。ヴァージニア・ウルフの『オーランドー』を翻訳で読んだのは、中学一年のときでした。一人の同じキャラクターの人間が、イギリスの歴史のいろんな時代に、男になり女になり生きていく。そうやって、英国というものを歴史的に批判し、評価し、理解していて、これは面白いと思う一方で、やっぱり英語で本を読めなきゃ、と思ったんです。

ジョセフ・コンラッドの『ビクトリー』を買ってきたのは、中学一年が終わった頃。最初の文章に、evaporationには二つの意味があって、液体が蒸発して気体になることと、もう一つは、ある会社の資本が雲散霧消して会社が破産することだとある。それを理解するのに、中学三年の夏までかかったんですけどね。

だから、本格的に英語の本を読み始めたのは中学三年の秋くらいでしょうか。そうやって好きなものを見つけちゃったんですよ。

**曽野**　偶然二人とも、そうだった。時代がそうだったのかもしれないですけど。今みたいに、例えば職業を選ぶのに、伊藤忠商事と読売新聞と三井住友銀行と三菱重工業と、なんて、そんなバカな考え方はしなかった。思い切り偏っているんです。

三浦　この人は小学校のときから、試験勉強しないで、菊池寛《きくちかん》の小説を読んでいたんですから。

私は、阪田寛夫の才能は信じていたけれど、自分の才能は信じていなかった。ですから、同人雑誌に最初に書いた小説はユダの話なんです。文学作品あるいは神、人としてのキリストというものを裏切って、それによってかえって文学や神を明らかにする。「冥府《めいふ》山水図」は、若いときは芸術に憧れたけれど、芸術の恐ろしさを知って芸術から退いて、堅気の生活になった男の話でした。ところが、幸か不幸か、次の作品（「斧《おの》と馬丁」）が芥川賞候補になって、小説でお金が入るようになってしまった。

私は思ったんですよ。小説というのは、才能がなくても、それなりの形でやっていけるんだ、と。その証拠が私ですから。

謙遜《けんそん》でも何でもなくてね、才能なくして小説を書いていく術を覚えたんです。だから、ある意味、小説というものを、小説を書く才能を持っている人よりもわかっているのかもしれない。

曽野　つまりね、作家にはそういう形の、おごり高ぶった、「図々しいような謙虚さ」が必要なんですよ。どうやって、おっかない名物編集者をちょろまかし、だまくらかして原稿を通してもらうか。そういう不純な動機も時には必要になる（笑）。
だから、人間は不純さを大事にしないといけないんでしょうね。

## 作家として苦しんだ三〇代

**曽野**　当時の小説家は、初期の頃に、ある程度、激しい生活に耐えないとダメでしたよね。追い込まれるほど多作を強いられる状況が、本当に必要なのか、いらないことなのかはわかりません。でも、A社とB社から注文をいただいて、うれしい、光栄だ、なんて思えるのは、最初の一日か二日でした。

何を書こうか、という苦しみがそこから始まるわけです。しかも、講談社というところには大久保房男さんという恐ろしい鬼編集長なんかがいらして、笑われないように、皮肉を言われないように、誤字を書かないようにしなくてはいけない、と夢中でした。

私は、書くのが遅かったんです。実は今が一番、書くのが速いくらい。だから、なおさら大変でした。

三浦はお父さんと一緒に、いろんな人たちに会っているんですね。井伏鱒二《いぶせますじ》の生活も知っていたし、作家の人生に対して学習があった。だから、私のことを早くから予言していたんです。文体が若書きだから、いずれ変わらなければいけない時期が来る。そのときに、ひどい思いをするぞ、って言ってました。

そういうところを、彼は読めたんです。私には、それが事実かどうかなんてわからない。文体が変わるか変わらないか、というよりも、今ある仕事をどうこなしていくか、ということばかりに追われて、とにかく必死だったんです。

三浦　才能があるということは、年とともに作品の質が変わっていくんです。例えば、遠藤周作は才能のある男でしたが、最初は評論を書いていた。しかしやっぱり自分の中から湧《わ》いて出るものがあって、小説に変わっていったんですね。

彼は、真面目であることの重さに耐えかねて冗談を言うくらい、間一髪で生きていたところがある。そしてそのうち、『狐狸《こり》庵閑話《あんかんわ》』を出す。これは別の読み方をすると、「これはあかんわ」なんですよ。そうやって、馬鹿話を書くようになった。これが次の展開。そして、新聞小説でも何でも書ける自由さを持った。

遠藤の場合は評論と、気取ったヨーロッパにも通用する小説と、『狐狸庵閑話』に始まる日本的な、メシと味噌汁みたいな文学と、三つの段階があるんです。この間で、彼はずいぶん苦しんだときもあると思いますよ。

遠藤の息子がまだ若い頃、「うちの父は、世間の人が思っているような面白い男ではないんです」と言ったのを覚えています。作家として、それは当たり前ですよ。

**曽野**　みんな、そういう経験がありますね。私も、デビューから一五年くらいして苦しむことになった。

## アフリカで学んだ「人間とは何か」

**曽野**　自分が書けるものは何かというと、興味ってことなんです。その意味では、私たち二人はまるで違いましたね。好きなものが、食べものまで、それぞれ違うんです。

例えば私は、甘い物を食べません。だから、おいしい甘いものの話をされても気にならないんですが、おいしいおせんべいの話となると、ちょっとこっちに寄越して、と言いたくなる（笑）。

**三浦**　でも、興味というのは広がっていくんですね。彼女はね、五〇歳を過ぎて初めてカジノのルーレットで当てたのがきっかけで、アフリカの子どもたちを援助する活動を始めたんです。

曽野　一九八三年に、『時の止まった赤ん坊』という連載小説を書くためにマダガスカルへ行ったんです。そこの修道院に附属した産院を取材して、貧しさに驚かされました。

乳児用のミルクが買えない親ばかりですし、一日一二〇円の保育器の使用料が払えずに死んでいく子どもたちを目の当たりにしました。そのとき、取材の最終日にホテルのカジノに連れられていって、初めて賭けたルーレットで二回続けて当てたんですよ。

カジノに入る前、一緒に行った人に、「もしも当たったら、あの貧しい産院に寄付しなきゃね」と言っていたのが、その通りになったわけです。この儲けを修道院に寄付したのをきっかけに、「ＪＯＭＡＳ（海外邦人宣教者活動援助後援会）」という組織の活動を広げて、アフリカや中南米など、三〇ヵ国以上に援助を続けることになりました。

三浦　彼女はね、子どもたちに何かしてやりたい、と言うんです。どこの国の子どもだって、さまざまな可能性を持っている。五歳や六歳で飢え死にさせたり、病気で死んだりするのはかわいそうだから、とにかく何十年か生きて、それぞれの人生を体験させてやりたい、と。これは、一種のヒューマニズムですね。

でも、私はわざと意地悪に、「そんなことをしたって、その子どもたちはいずれ娼《しょう》婦《ふ》になるか泥棒になるか、どっちかかもしれないぞ」と言ってたんです。

**曽野**　例えば、ベナンという国に行く。西アフリカの小さな国です。奥地のほうに行くと、日本人のシスターがいて、女の子たちにミシンを教えているんですね。何かを縫って、子どもたちに着せたり、市場で売ったりしなさい、と。

そうやって教えている場を見て私はびっくりしたんですが、材料として扱っている生地に、模様として「失われた希望」って、フランス語で書いてあるんです。

理由がわかったのは、何年も経ってからでした。アフリカでは、恐れていることが起こらないように、先に言うんです。失うのが怖いから書くんですね。だから、悪い言葉をどんどん書くことがある。

誰に聞いてもわからないことが、ある本で偶然、読んでわかったりするんですね。

他にもたくさんあります。なぜ、アフリカ人はいつも踊るのか。なぜ悲しみの場でも踊るのか。ずっとわからなかったんですが、あるとき読んでいた本で、アフリカ人にとって踊りはすべての表現で、悲しくてもうれしくても踊るのがアフリカ人だ、という記述に出会うわけです。興味を持っていると、こういう面白さに出会えるんですね。

そして、ありがたいことに、小説家というのは、一般論を出さなくてもいいんです。だから、私がいつもアフリカについて書くときには、「何年何月何日に、何という国の何という村でこういうことがありました」という形で、人生を作っていける。それこそ、ゾウは巨大なものか、それともしっぽのように細いものなのか、うちわのような耳が全体の姿なのか。小説では、ゾウの全体像を描く必要はないんです。「私が触ったゾウは、うちわ形でした」でかまわない。

その限度を私は知っています。だから、いろんな意味で不思議なアフリカという場所から、「人間とは何か」ということを学ぶことができたんです。

## 異文化理解の極致が、夫婦生活

曽野　アフリカへは援助活動を通して、これまで二〇回近く行っているんですが、実は最近しばらく行くのをやめていたんです。私には軽い膠原病《こうげんびょう》があるし、取材に入って途中で健康状態が悪くなったら申し訳ない、と思って。でも、それも不自然だと思うので、やっぱり再開することにしました。夫が反論しても、あまり聞かないんです（笑）。

三浦　無駄だと思うことや、先に挙げたホットケーキの好みに大変近いことなんですね。何十年も一緒に暮らしても、ホットケーキが薄いのがいい女房と、厚いのがいい亭主がいる。そういうことを通じて、わかることがあるんです。

配偶者の好みやそれに対する共感、あるいは反発、そういうものがない限り、他の民族や他の文化、他の文明に対するアプローチの仕方はわからないんじゃないかと私は思うんです。

今から数万年前に、初めてアフリカ大陸からスエズ地峡を通ってユーラシア大陸に出てきた人間と、アフリカに残った人間とは違う、ということ。でも、その一方で、同じ人間なんだということです。

その意味で、結婚生活というのは、他の文化、他の文明、他の土地を知るために絶対に必要なことだと思う。だから、彼女がアフリカに行って共感を覚えたことも、あるいは行ってみてえらいところだと思ったことも、その何割かは、私との結婚生活によって得たものでもあると思うわけです。

そのことを思うと、人間というのは成長して、結婚でも同棲でもいいんですが、異性と一緒に暮らして初めて、他の人間というもの、他の性というものを知る。そして子どもを産んで育てていくうちに、初めて親というものを知るんだと思うんですね。

やはり人間は、大人になって異性と共に暮らして、そして子どもを産み、親を眺めるという経験をしない限り、本当の人生の広がりはないんじゃないか。

とにかく他人と一緒にいると、いろいろ学ぶところがありますね。阪田寛夫とは同じ部屋で暮らした時期があったわけですが、阪田は私に、「お前は本当にエゴイストだ」と言うんです。

曽野　正しいじゃない？（笑）

三浦　なぜだって聞いたら、「お前はトイレに入る前に手を洗って、トイレが終わったあと、手を洗わない」と。「お前は外界をすべて不潔だと思って、自分は不潔だとまったく思っていない」。

そういう指摘をされると、ああ、そうか、自分にはそういうところがあるのか、とわかる（笑）。そういう意味で、他人との生活は面白い。その極致が夫婦生活ですけどね。

## 「くだらないこと」を言うのが仕事

曽野　私はよく言うんですけどね。小説家というのは、一生同じで、出世がないんです。小説家が中年になると中説家になり、死ぬ間際になったら大説家になる、なんてことはない。ずっと同じなんです。

そこが素敵なんですね。そのかわり、魂の自由のようなものがある。みんなに嘲笑《あざわら》われても、それもまたいいことです。

**三浦**　小説というのは、日本人が漢字で作った単語なんです。「説」というのは、天下国家のための論文、という意味なんですね。小説というのは、そんなに大げさなものではなくて、小さな説。つまり、「くだらない個人的な意見」というのが、もともとの意味なんです。

したがって小説家というのは、言葉のもとの意味からいって、天下国家に何かを言うのではなく、本当にくだらないことを言うのが仕事なんですよ。

**曽野**　私はそれを忘れたことがありません。だから、日本の人口一億二〇〇〇万人のうちの一人の説を書くんです。年寄りだって何だって、自分が言いたいことを言っていいわけでしょう。でも、一億二〇〇〇万人を代表しては言ったことがない。そうするつもりもない。

**三浦**　だから、小説というのは、くだらないこと、つまり自分の心の中にある、自分の生活のくだらないことを書いているんですが、それはくだらないがゆえに、他の人たちは表にしないことや、言いにくいことが言えるんです。

それを読んで、「ああ、オレも実はこれと同じ気持ちがある」ということがわかれば、安心するわけですよ、みなさん。

曽野　私は、『天上の青』という小説の中で、連続殺人犯を書いたんです。その目的は、連続殺人をするような人の中にも神がいる、ということを証明しようとすることでした。

そういうことは、天下国家に向かって「これは、いいことです」って言えることじゃない。小説家にしかできないことでしょう。

だから、私は外国のことを書くときにも、外国のことをすべてわかって書いたりはしません。さきほども言ったように、「何月何日にどこでどういうことがあった」「このことはこうだと教わった」ってことだけ書いている。そのうちにもう少し利口になるかもしれないけど、そのとき、それは仕方のないことなんです。

私という人間が、ある地球上の一点で、時間上の一時期に、そこに入ってきた雑音や風の音を書き留めただけだから。

それを私は敷衍《ふえん》したことがないんです。これが正しいとか、言ったこともない。さっきの「失われた希望」だって、また数年経って行ったら、また別の解釈を学ぶかもしれない。その可能性があることも、私のちょっとした楽しみなんですけどね。そしてそれを、夫にうれしそうに伝えるわけです。「お父さん、あれ違ってた」って（笑）。

## 意気込みを捨てればラクになる

**曽野**　二人ともありがたいことに、自信を持っていないんですよ。「これが正しいんだ」というものを持っていない。すべて暫定的な知識なんです。

　だから、今は「そうだそうよ」と言っておいて、「やっぱり違った」と後で言える。「ごめんね、あれ間違いだった」って、政治家でなければ毎日言っていればいいんですよ。

　ですから、私は総理大臣になる人の気が知れない。間違いだった、なんて言えないんですから。

**三浦**　私がなぜ文化庁長官を引き受けたのかというと、偉くなってみんなから尊敬されたかった、などということはまったくなくて、高級官吏になると、高級官吏にしかわからない人間的なくだらなさが見えるかもしれないと思ったからなんです。

それは小説のネタになる、と。結局、私はそれをうまく生かせなかったんですが、偉くなろうと思ったのではなくて、くだらなさを見つけようと思った。自分でなりたいと思ったわけではないですし。

**曽野**　私もそうですよ。一九九五年に会長を引き受けた日本船舶振興会（日本財団）の仕事は、一年間だけの約束だったんです。それが一〇年近く続けることになってしまった。そういう意気込みはまったくなかったのに。

ただ、意気込みがなかったからラクだったんですね。私は、すべてのことに意気込みがないんです。小説だけは、「もうちょっとだけ深く書き足したい」と思うことはよくありますけど、それ以外には意気込みはないんです、本当に。

それこそ、小説を軽視しなければ、いい小説を書けないように、スポーツでも仕事でも、軽視が必要だと思っています。「たかが」と考えること。

ほとんどのことは、実は「たかが」なんです。それこそ救急医療とか、閣僚の決定というのは大変だと思いますが、あとのものは「たかが」です。

むしろ「たかが」と思うと、落ち着いて見られる。夫婦だって他人同士だって、そう思っていれば、ぶつからずに済む。自分もいい加減だけど、あいつもいい加減だよな、と仲良くなる。そう考えると、いろんなことはそんなに難しいことじゃないんです。

夫婦のルール 5

## 作家の生き方

❖他人と比較しない、収入の多少も気にしない
❖好きなものを見つけたら、思い切り偏っていい
❖「不純な動機」も時には必要。人間の不純さを大事にする
❖くだらないこと、他の人が言えないことを言う
❖仕事も人間関係も、「たかが」と思えばうまくいく

# 第6章

# 根も葉もあるジョークで「人生をいなす」

## 人生最大の危機は結婚？

三浦　私の人生で危機というのがあったとしたら、戦争末期、学徒動員で兵隊に取られたときですね。当時、九十九里浜から二〇〜三〇キロ奥にいましたが、米軍が相模湾に上がるとは思わなかったんです。あのときは、「オレは死ぬかな」と思いました。
　危機といえば、私の生涯ではそれだけで、あとは何かを一生懸命やろうと思ったこともないから。最大の危機といえば、この人と結婚したことかな（笑）。

曽野　そうです。危機は続いている。いいタイトルじゃない、「危機は続いている」（笑）。

三浦　私は、こうしようとか、ああしようとか、そのために努力しようとか、そういうことは一切なく生きてきましたから。だから、危機なし。いろんなことを思い込んだり、努力をしたりするから、挫折は起きるんです。

でも、彼女には二度、大きな危機がありましたね。

**曽野**　眠れなくなったときと、目が見えなくなるかもしれなくなったとき?

**三浦**　三〇代の初めから後半まで、彼女は不眠症になってしまったんですよ。

この人は真面目すぎるんですね。昔の電車はよく窓ガラスが破れたまま走っていました。そうすると、彼女はわざわざガラスの破れた、風の来るところに座る。自分が犠牲になろうとするんです。

そんなことをすると周りの者は気持ちよくないから、やめたほうがいい、とよく言いました。僕なら、一番いい場所を選びますよ。それが、人に対しても、自分に対しても誠実なことだと思うから。誰かが先に座ろうとしたら、争えばいい。厚かましいと憎まれるほうが、はるかに健全なんですね。

**曽野**　そういうインチキさと気楽さが、この人のいいところなんですが、仕事に関しては、私はそうは思えなかった。自分には才能がないんだから、一生懸命いい小説を書かなくてはと、バカなことを考えていたんです。それが不眠症の原因になったと思います。

はじめは、「あれ、どうして眠れないんだろう」という感じでした。それで睡眠薬を飲むようになって。今日もいいだろう、明日もいいだろう、と常習化してしまった。

## 「努力なんかするな、義理は欠け」

**三浦**　真面目な上に、彼女は精神的にもろいところがあった。だから、「努力なんかするな、義理は欠け」と言い続けました。

悪い意味で真面目なんですよ。模範生なんです。だから、仕事でも家庭生活でもきちんとやろうとするところがある。それがいけないんですよね。

私は努力をしなかったから、挫折もないと申し上げましたが、その通りなんです。だから、精神的に追い込まれることがない。やらなければいけないことがあって、嫌だなぁと思っても、まあ断るのが面倒くさいから、やるか、という感じで（笑）。

彼女は、やはり忙しすぎたんでしょう。一種のストレスが不眠症をもたらし、うつ病的になったんだと思う。作家としての仕事と、主婦としての責任と、いろんなものがウワっと重なって、気持ちの上でどうにもならなかったんでしょう。

曽野　家事もやって、親も引き受けて、手助けしてもらいながらですけど子育てもして。家族をちゃんとするということに対して、やっぱり重圧はかかっていたんだと思います。

仕事に関しても、当時は筆力がなかった。全然、未熟でしたね。

三浦　先にも言ったように、大人になると、娘時代と同じ書き方はできなくなる。若い頃に書き始めると、中年になったときに、同じ書き方では済まなくなる。

曽野　書かなければいけないストレスなんて、あったらダメなんですよ。本当は作家として、書くものがはっきり見えていて、そして自然体である程度、書き続けられないといけない。

ただ、そういう苦しい時代を経なければいけないだろうと、彼は予言していましたから。実際、厳しいスクリーニングに耐えた作家だけが生き残った、というところもあるんです。いい悪いの問題ではなくて。

三浦　でも、当時はまだ精神の整理ができていなかった。

曽野　この人は、精神分析ができたんです。小学校六年生のときからフロイトを読んでいたんだそうですから。私もフロイトや『神よりの逃走』を書いたマックス・ピカート、ビンスワンガーなんかも読むようになって、かなり自分の精神を客観的に見ることができるようになった。でも、学者たちを完全に信じはしませんでしたけどね。

## 苦しみに気づかないふりをする

**三浦**　自分の具合が悪いときには、あの人がああいうことを言ったからだ、と悪役を作ると、かなりラクになるんです。会社で面白くないことがあったら、上司が悪い、ってことにしておけば、ずいぶん気が楽になりますよ。

**曽野**　それは私には通じなかったのね。ただ自分の苦しみが、分析すべきものだというのはわかっていたんです。人間というのは、いろいろな要素が他罰的ではなく自罰的に働いて、追い込まれるんですね。

**三浦**　だから最終的に私は、彼女がどんなに憂鬱《ゆううつ》になっていても、気づかないふりをしているのがいいと思うようになりました。

眠りが早く訪れるよう、夜は、甘い葡萄酒《ぶどうしゅ》を一緒に飲んだりもした。でも、不眠症は七年経っても、八年経っても治らなかった。

きっかけは、一九六八年に、勤めていた日本大学藝術学部の用事でアメリカのアイオワに行ったことです。三ヵ月ほどの滞在でした。親子三人で行ったんですが、息子は小学校卒業の年だったので、一人で先に日本に帰して。二人で暮らすことになったわけですが、周りはアメリカ人ばっかりですし、編集者からの電話はないし。周りのアメリカ人の学生、大学院生というのは、貧乏なのに呑気《のんき》でね。気楽なんですよ。それで彼女は、ある種の解放感を覚えたんだと思います。

ある朝、台所のテーブルで、彼女が太陽を浴びながら『無名碑』という作品の一枚目を書き出した。ああ、これで不眠症と神経症は抜けたな、と思いました。

曽野　そこから私の作品は変わりました。手を抜いた文章やきちんと調べないでものを書いてはいけないと思いながら、ときには失敗作を書くのも人間の宿命だと思えるようになった。公然と詐欺をやって暮らしてきたようなものです（笑）。だから、作家は楽しいんですけどね。

## 才能よりも健康が大事

三浦　もうひとつの彼女の危機は、五〇代になって、目が見えなくなったことです。生来の近視と、白内障の悪化で日常生活に支障をきたすようになった。物は重なって見える。頭痛はひどい。視界も暗い。

もっとも私は、このときも、よくくだらないことを言っていましたね。あるとき二人で香港《ホンコン》に行って、私が香港の埠頭《ふとう》をジョギングしているのを、彼女がそばのホテルの部屋から見ていたことがあったんです。そうすると、目の異常で、走っている私が三人に見えたという。私は言いました。「いいじゃないか。素敵な夫が三人もいて」(笑)。

**曽野**　あるときは「一万円札が三枚に見える」と言ったら、「一万円が三万円に見えたら、それはもう幸せだろう」ですって(笑)。

**三浦**　物事を深刻に受け止めても仕方がない。ちょっとかわす。表現力でね。

**曽野**　それは、女房に、というのではなくて、人生をいなす方法ですね。今でもうちは、考えれば〝根も葉もある〟ジョークばかりですから。

**三浦**　目は結局、手術をしたんです。一九八一年でした。

**曽野**　もともとひどい近視だったのに、たくさん連載を抱えて、四〇代からかなり無理をしていました。それで、両目が中心性網膜炎になってしまって。早く治さないと網膜が引きつれて見えなくなるというので、ステロイドを眼球に打ったら、白内障になってしまった。

このときは、二度と光を見ることができなくなるのも覚悟したんです。でも、手術は成功しました。白内障はもちろん、近視まで治るという幸運にめぐまれました。

私のように精神の弱い者は、健康を失ったときに、どんなに人に迷惑をかけるか、つくづくわかりました。だから、才能よりも健康が大事だと心から思いましたね。

今、目が見えるのは、本当に運なんです。視神経の八〇パーセントが集まっている、直径が三ミリにも満たないような部分に病変がなかったんです。近視はしばしばそういうところに病変をもたらすのに。

それ以来、私は運命論者になりました。人生のほとんどは運だと思っているくらいです。

## 浮気をするなら、覚悟してやれ

三浦　夫婦の危機というと、亭主の浮気なんてのがありますけどね。浮気と言えば、今もよく覚えていることがあるんです。

私は二二歳で日本大学藝術学部の講師になったんですが、最初に非常勤講師室に呼ばれたんですね。そこに待っていたのが、栗原一登《くりはらかずと》という人で、女優の栗原小巻《こまき》さんのお父さん。非常勤講師の部屋の牢名主《ろうなぬし》だったんです。

それで、こんなふうに言われた。「いいか。菓子屋の小僧ってのは、店の菓子には手を出さないもんだ。ここにはたくさんの女子学生がいるけれど、絶対に手を出してはいかん」と（笑）。「菓子がどうしても食いたくなったらどうしますか」と私が聞いたら、「そういうときは、よその菓子屋から万引きしてこい」。

でも栗原さんは、実は菓子屋の小僧で菓子に手を出してしまった人なんですね。劇団に入って、女優と一緒になってしまった。それで生まれたのが、栗原小巻さんなんですよ。

彼は言っていました。菓子屋の小僧が菓子に手を出したことが、間違いのもとだった。飯も食えないのに子どもが生まれて、困った困った困り切った、というので、小巻という名前をつけたんだそうで（笑）。

**曽野**　そういう表現が、面白いのよね。洒落《しゃれ》た人生の表現の仕方が昔はあったわね。

**三浦**　おかげで私は、店の菓子には手を出さないで済んだんですよ（笑）。しっかり教訓を聞かされて。

それでも、仲間と一緒に夜の新宿に繰り出したりすることもあるわけですね。

そうすると、ブタのお面をかぶってキャバレーの客引きをしているサンドイッチマンが、するするとこちらに近寄ってくる。何かと思ったら、ブタのお面をおもむろに取って、「先生、ここはダメ。女はダメだし値段も高い」って。日大の学生のアルバイトなんですよ（笑）。

銀行の前で易者をやっていたのも、日大の学生でね。そいつに聞くと、何科の何年生がどこでサンドイッチマンをやっているとか、ホステスをやっているとか、全部わかるんです。そんなところで、遊ぶどころではないわけです（笑）。

**曽野**　こんな話を毎日のように聞かされていました。三浦は「僕よりも、学生は余程人生を知っている」とよく言っていましたね。

**三浦**　黙ってこそこそ飲みに行ったりするから、疑われるんですよ。何があったか、堂々と全部しゃべっちゃえばいい。あっけらかん、とね。

そうそう、曽野と共通の知人で、シンガポール人と結婚した日本の女性がいて、彼女がたまたま日本に来たときに、ちょうど歌舞伎座の切符があって。この人は忙しかったから、その女性と一緒に歌舞伎を見に行ったんです。

それで帰ってきたら、うちにすぐに電話が入っていて。「三浦さんが女の人と歌舞伎座に行ってた」と（笑）。

**曽野**　私が行けないから、うちの亭主と行ってやって、とその友人にお願いしたのに。私、そういう世間も嫌いなんです。余計なお世話でしょう。バカバカしくてね。

三浦　女房にそんなふうに思われていると、浮気したくてもダメなんですよ。逆にね、この人が取材や座談会で編集者と出掛けたりするじゃないですか。そういうときに、電話がかかってくると、私が出るわけですね。

「曽野先生はいらっしゃいますか」「ああ、さっき出掛けていきましたねぇ、若い男が迎えに来て一緒に。どこに行ったんでしょうねぇ。わかりませんねぇ」(笑)。

曽野　そうやっておちょくって、誰から電話があったかも覚えていないんですよ。

三浦　だって、覚えたってしょうがない。人の仕事だし(笑)。自分の仕事で精一杯ですからね。

曽野　でも、基本的に人間は悪いこともやるんです。具合の悪いことも。だからもし、浮気が起きちゃったとしたら、それは仕方がない。好きになっちゃったということだから。覚悟してやれ、ってことでしょう。

## 毎日が想定外だから、人生は面白い

三浦　夫婦にとって最大の危機と言えば、相手に先立たれることでしょう。それを想定していないと、困ったことになる。特に一家の大黒柱が亡くなったときでしょうね。

曽野　そんなことは、私はとっくの昔から考えていましたね。子どもが生まれてすぐの頃です。夫が死んだら、子どもは自分が一人で育てなければいけない。そんなことは十分に起こりうるわけです。

だから、その頃は読売新聞の日曜版を毎週買って、求人欄を眺めていたんですよ。食べていくために、何をやるか。見ていると、バキュームカーの運転手というのは月給が高い。私は自動車の運転ができましたし、大変だけれども世の中がきれいになる仕事。いい仕事だと思いました。まだ生きていた母も、これならたぶん喜んでくれるだろうと思いましたから。

どうしたら自立できるかということを、ずっと意識していたんですね。でも、結果的には、バキュームカーの運転手にはなれなかった。夫も死ななかったし、水洗トイレが当たり前になって、バキュームカーは都会では、ほとんどいらなくなってしまった。

そんなふうに、すべての予定は狂うんです。やっぱりどこにも想定外が待ち構えている。

三浦　世の中の問題というのは、すべて想定外ですからね。自分がやったことのないこと、知らないことを、やれと突然言われたりする。それができなければダメなんですね。

戦争だってそうで、自分が与えられた武器、受けた訓練が生きるような戦場に、敵がいるとは限らないし、そういうところに送り込まれるとも限らない。それでも、手持ちのもので、なんとかしなければならないわけです。そういう目に遭うことはよくないから、戦争はないほうがいい。

でも、毎日毎日、想定外のことがあるから、生きることは面白い。昨日と今日とがまったく同じだったら、退屈極まりないでしょうね。昨日と今日は違う。昨日、想定したことが今日、起こらないから、人生は面白いんです。

**曽野**　そして、それが毎日の面白い会話になるわけね。想定外にぼやいてみたり、嘆いてみたり。不実で不純なものも含めて、私は人生を愛していますから。どうして見抜けなかったのか、という自分も（笑）。

## 夫婦のルール 6
## 危機を乗り越える発想法

❖努力はするな、義理は欠け。真面目さが人を追い詰める
❖相手の苦しみに同調せず、あえて気づかないふりをする
❖時には失敗するのも人間の宿命、と考える
❖物事を深刻に受け止め過ぎず、「人生をいなす」余裕を持つ
❖予定通りにいかない人生を楽しむ

# 第7章

# 介護は片手間に、葬儀は極秘に

## 介護は片手間に、できるだけ手抜きして

**三浦**　私たちは三人の親と一緒に暮らしたわけですが、三人とも最後は自宅で亡くなった。これはよかったと思います。

**曽野**　絶対に入院したくないというから、誰も入院させなかった。近くのドクターに最後まで来ていただいて。

私の母が八三歳で亡くなって、次に三浦のお母さんが八九歳、それからお父さんが九二歳で。みんな大往生でした。それと、うちは猫のボタも、二二歳まで生きたんです。だから猫も含めて、みんな長寿。

**三浦**　弱っていく順番がありましたね。彼女の母親が最初に弱っていきました。八二

歳になると、始終うとうとするようになって。食事も、ほっぺたを叩《たた》いて起こしてやらないと食べられなくなってしまった。それで、介護をしてくれる人をつけました。

曽野　口に入れても飲み込まなくなって、どうしようかと思いましたね。まともに食事を食べさせようとすると、つきそう人が二時間くらい平気でかかってしまう。私も、とてもつきあっていられなかった。

だから、母の近くには甘いミルク紅茶とか、リンゴジュースとか、チョコレートとかを置いておいて、誰かが通りがかったら、口に入れていく、というのをルールにしたんです。そうやって、一日中、食べているシステムを作った。これがうまくいきました。

無理に食べさせようとしても食べない。つきっきりで食事させる時間もない。だったら、通りがかった人が全員で、少しずつ食べさせるようにすればいい、と。おかげで、管《くだ》をつけることもしませんでした。

三浦　父のときも、そうしていたね。父はチョコレートが大好きだった。

曽野　私はとにかく、親たちを日常性の中で世話したり、見送ったりしたいと思っていました。お皿をガチャガチャ洗ったり、猫を大声で叱ったり。そういう日常の音の中で、亡くなっていくのがいいと思ったんです。

別に何も特別なことはしなかった。でも、すごく自然でよかった気がします。とにかく、片手間に、片手間に、できるだけ手抜きしてね。だって、長く続けないといけないんですから。あまり根を詰めていたら、とても持たない。

三浦　そういう意味では、あまり手間をかけないで、みんな自然に死んでくれた気がする。それには感謝するね。

## 父の認知症、母の大往生

三浦　父の様子がちょっと変わってき始めたのは、八〇歳を過ぎた頃からでした。当時は認知症という言葉はありませんでしたから、ああボケが始まったな、と思ったんです。

あるとき、植木屋にペンを盗まれたと言い出した。そんなもの、植木屋が盗るわけがない。これは認知症の典型でした。次に失くなったのは、入れ歯でした（笑）。ふとんとふとんカバーの間に挟まっているのが、後で見つかりました。入れ歯はよく失くしましたね。どこにやったのか、と聞くと、「歯医者に預けた」なんて、いい加減なことを言うようになって。水頭症といって、頭に水が溜まって脳を圧迫していたみたいです。

次に、おや、と思うようになったのは、通い慣れたところには行けるんだけど、そうでないところに行けなくなってしまった。イタリア文学会というところにときどき行っていたんですが、行ったら駐車場になっていたと言うんです。調べてみたら、降りる駅を間違えたか、出口の番号を間違えたか。つまり、ちゃんと行き方がわかっているはずの場所に行けないようになって。

それから、用事があって名古屋へ行くための切符を買いに行くのに、五〇〇円しか持っていかずに、足らなかったと言い出した。電報を打つのに、電話で打てることは知っていたのに、わざわざ歩いて二キロもある郵便局の本局に行ったり。日曜日は普通の郵便局はやっていないから、と言って帰ってきた。そういうところはちゃんとしているんですね。

曽野　自分がずっと研究してきたルネッサンスについて尋ねられると、しゃんとして相変わらず詳しく答えていらした。

三浦　ところどころで、おかしいところが出るわけです。これはもうダメだな、と思ったのは、八五歳を過ぎたあたりでしょうか。

曽野　親が七〇歳を過ぎたあたりから、私たち夫婦の両方が日本を離れてしまうのは、ちょっと具合が悪いかもしれない、と思うようになりました。それで、外国に行かなければいけないときには、それぞれ交代で出て、一緒には行かないようにしました。病院に行くとか、入院するとか、そういうことを決められる人がいないと気の毒ですから。

**三浦**　その頃は息子がまだ小さかったというのもある。

でも、息子も成人して結婚して、そろそろ二人で日本を離れてもいいかな、と思うようになって。介護してくれる、信頼できる人がいたので安心だったし。それで二人でヨーロッパとアフリカに行っているときに、私の母が亡くなったんです。

**曽野**　私の母が亡くなって、四年後でした。旅行の間、息子夫婦に家に来てもらっていたんですね。でも義母は元気だったので、「ちょっと東北に行ってくる」と息子たち一家が家を空けた、その日でした。

家で面倒を見てくれていた看護婦さんに、息子夫婦は毎日定時に電話することになっていたんです。朝は問題なくて、一二時に電話して、「おばあちゃんはどう？　おじいちゃんはどう？」と確認したら、「お昼寝している」という返答があった。それで夕方、息子たちが温泉旅館に入って連絡を入れたときには、もう亡くなっていた。

**三浦**　昼寝したまま、起きなかったんです。心不全でした。大往生でしたね。

曽野　私たちがちょうどパリからエジプトに行こうとするときでした。私は帰国するつもりだったんです。ところがこの人が「帰らなくていい。死んだんだから、もういいんだ」と。

それで、義姉と息子に頼んでお骨にしてもらって、神父様をお呼びしてみんなでミサを立てていただいたようです。帰国してから、改めてお葬式のようなものをしました。終わった後、近くの中華料理店で親戚みんなでご飯を食べて。そこでご馳走するのが、おばあちゃまは大好きだったから。

## 命は自然に終わっていく

三浦　母とちゃんとした会話ができたのは、死ぬ三、四ヵ月前だったと思います。「私の親しい人はみんな死んじゃった。もう私もいつ死んでもいいようなものだ」と言うので、「じゃあ、今日死ぬか」と聞いたら、「今日はちょっと具合が悪い」と言うわけです。「どういうとこが具合が悪いのか」と聞くと、「今、ひじきを煮ているから、今死ぬとひじきがどうなるかわからない」と（笑）。いい老いでしたね。

曽野　ただ、おじいちゃまにしてみれば、妻に先立たれたわけでしょう。さぞやショックを受けられているかと思えば、そんなこともなかった。

**三浦**　ボケていましたからね。母が亡くなっていたときも、父はテーブルで煙草をくゆらせていたそうです。

母が死んで二年くらいして父が「ばあさん、どこ行った。この頃、いないな」って言うんです。「ばあさんはおととし、死んだじゃないか」と言ったら、「おお、そうか。オレは知らなかった」と。これもまた、いい老いですよね。

父は母が亡くなった後、大腸ガンの手術をしたんです。一ヵ月くらい入院したんですが、その間はもちろん禁煙。ボケで何が怖かったかというと、火だったので、これはいい機会だと、煙草の道具を全部、隠してしまいました。

退院してきて、「おい、煙草は?」と言うので、「禁煙したんじゃないか」と言ったら、「ああ、そうか、そうだな」と言って、それっきり。おかげで、火の怖さはなくなった。

それにしても、三人とも病院なんかで息を引き取らず、大往生してくれたのは、よかったと思っています。

**曽野**　おじいちゃまのときは、夏風邪がずっと治らなかったんですよね。口内炎がやたらできて、近くのお医者さんに診てもらうと、抗生物質の注射でピタっと治る。でも、また口内炎ができるわけです。ああ、もう身体中が弱っているんだな、と思いました。

死ぬときというのは、わかるんですね。なんとなく、そんな気がして、翌朝、早く来てほしい、と義姉に電話をすると、朝八時くらいに来てくれて。「お父さん、私わかる?」なんて会話をして「わかるさ」と言ってニタニタ笑っていたんですが、その二、三時間後に亡くなりました。

三浦　年寄りというのは、冬の寒さ、夏の暑さを越えたあたりに亡くなることが多い。彼女の母親は冬が去った二月、私の母は九月、父は一〇月でした。

曽野　八〇代になれば、見ていて亡くなるのも不自然ではなくなるんです。おじいちゃまのときも、口内炎が治らなくなって、「あ、これはもう防備ができなくなったんだ」と思った。ウイルスとの戦いに負けてきたんだと。そんなふうにして、終わっていく命もあるということです。

## 親の死は世間に知らせない

曽野　私の母は、自分の死に際してひとつ言い残していたんです。献眼の希望でした。

夜中に亡くなったんですが、すぐに東大の眼科から眼球を取りに来られたのを覚えています。献眼はとてもよかったと思いました。

それが終わったのが午前二時頃。私は翌日の午前中に、講演の仕事が入っていたんです。そこで、この人が言ったのが、「社会に迷惑をかけるな」でした。私も同じ思いだったんですね。だから、誰にも言いませんでした。

朝、葬儀屋さんが来ることになっていました。地方での講演だったので、事情があって列車を一列車遅らせてほしい、ということだけ講演の係の方にお願いしました。

それが土曜日で、翌日の日曜日が友引。月曜日に火葬したんですが、その朝、私は総理官邸で当時の中曽根《なかそね》康弘《やすひろ》首相のインタビューが入っていたんです。

**三浦**　だから、前夜はとにかく早く寝なさい、起こしに行くから、と言った覚えがありますね。

**曽野**　朝七時の約束でしたから、普通の服を着て総理官邸でインタビューを終えて。そのまま火葬場に行くつもりだったんですが、その格好では母はともかく、一緒に火葬される方に悪いと思ったんです。

それで官邸の係の方にだけ話して、総理官邸の玄関脇《わき》の宿直部屋のようなところを拝借して、喪服に着替えた。桐ヶ谷《きりがや》の火葬場では、三浦と息子夫婦が送り出してくれた母を迎えました。だから、誰にも何も言わなかったし、言わなくて済んだ。

母からは、こうも言われていました。私たちみたいな仕事をしていると、お会いしたことがない人でも義理を立てて葬儀においでになったりしかねない。だから、絶対に人に言わないように、と。

火葬場でこの人に、「うまくいった?」と聞いたんです。お棺を出すまで、誰にも気づかれなかった?という意味です。そうしたら、「変なじいさんが、お棺を出すときにじっと見てた」って。「あらー、見られちゃったの?」と言ったら、「バカ、一人にも見られないで済んだら、それこそ完全犯罪だ」ですって(笑)。

そんな会話が斎場であって、おかしかったんですよ。でも結局、誰にも言わず、見つからず、ほとんど完全犯罪ができたわけですね。

三浦　変なじいさんは、散歩してたんだろうけど、どこの人だか、わからなかった。

曽野　この人の両親のときも、結局、同じく極秘にしましたね。

## 介護はお金を払って、プロに任せよ

**曽野**　当時は介護保険なんかなかった。介護のために人をお願いして、お金は大分かかりました。三浦の母のときには、たまたま専門の看護婦さんがいてくれた。その人は息子と同い年で、うちで働きながら看護学校を受験して、入学して看護婦になった。まるで、うちの娘のような人だったんです。その人が、病院を移る間の半年間だけ空いていて、「行ってあげます」と言ってくれて。これは本当に安心だった。プロですから。

家族だから、親は自分たちで全部見ないといけない、なんて考えを持つ人もいますが、それではとても続きません。介護はお金を払ってでも、少なくとも部分的には専門の人にやってもらわないと。

だいたい、いつまで続くか、誰にもわからないんですから。できることと、できないことがあるということは、はっきり認識しておかなければいけません。

**三浦**　私もできれば、自分の家で死にたいと思いますが、そのとき、息子や息子の嫁に介護してもらったり、世話してほしいなんてことはまったく思わないですね。

むしろ、お金のためだと割り切ってやってくれるプロの人を、うちの息子なり嫁が見つけてくれればいい。親だから、あるいは舅《しゅうと》だからって、何年も面倒を見させたりするのは、あまりに気の毒ですよ。

曽野　無理をしたらダメですよね。私は子どもの頃から、プライオリティ・オーダーということをいつも考えてきた。優先順位です。やらなければいけないことが三つあったとしたら、二つやれたら御《おん》の字なんです。自分に甘いんですね。でも、それが現実だと思います。全部できるわけがない。

年をとれば、病気がちになるかもしれない。頭がボケてくるかもしれない。それは専門のプロに委ねて、どこかで家族は手を抜かないといけません。大切な時間は、他の家族のためにこそ、費やすべきだと思うんです。

## 墓には家名を入れない

曽野　お墓を作ったのは、私の母が死んだときでした。

そのとき、私は敢然と世間に刃向かったんです。家の墓じゃない。お墓には「××家の墓」なんて書いてない。家の名前はないから、誰が入ろうがいいんですね。そばに石の碑があって、お墓に入った人たちの名前が刻まれている。

離婚して旧姓に戻った私の実母が最初に入って、それから三浦の両親、義姉とご主人も入っています。だから当然、苗字も違います。でも肉親です。

**三浦**　一族がみんな入っている。うちの肉親というのは、そういうものなんです。大事なのは家の名前じゃない。

**曽野**　いいでしょう、これ。やがて私たちもここに入る。でも、あとのことは知りません。

**三浦**　金に困ったら、墓石を売っちゃうぞ、と息子は言っていますしね（笑）。

**曽野**　私は、困ったことになったら、全部、海に捨てなさい、って言ってあるんです。最終的には、それでいいんだと。どうでもいいんですよ、そんなこと。結局すべて、カルシウムなんですから。先人たちと同様、地球の一部に戻ればいいんです。

## 三人の親を看取って学んだこと

**三浦**　三人の老人を見送って、やはりいい勉強になったと思います。ただ、そのときに私が感じた老いというものと、いざ自分がなってみたときと、ずいぶん違ってはいましたが。

例えば親を見ていたときは、六〇歳というのは、ずいぶん年をとっている印象があった。だから、自分たちが引き取って世話しなければいけない、と思ったわけですね。

でも、今は六〇代、七〇代くらいまでは、なんとか自分でやっていけるように思います。実際、私の今の年の頃には、父の認知症はだいぶ進んでいましたから。しかし私はまだ、誰にも金品を盗られたという被害妄想はない（笑）。

**曽野**　一人ひとり親が死んでいくのはショックだろう、と想像する人もいるかもしれませんが、ショックなんかなかったですね。本当に、いろんな人によくしてもらって、感謝の気持ちしかない。いいドクターにも巡り合えて。

息が苦しそうにしていたので「酸素吸入をしたほうが……」と私が小さな声で言ったら、「なさらないほうがいいと思います」と言われて。私は素人で、酸素吸入するとラクになると思ったら、そうではないんです。輸液もいけない。絶対にやってはいけないと。そのままがいいんです。だから、三人とも長生きできた。

**三浦**　私は両親を見送ったとき、涙一滴出ませんでした。思ったのは、私が先ではなくてよかった、ということでした。自分が先だったら、親はさぞかし困っただろうと。

母が死んだとき、パリにいたわけですが、帰ってくるとき、飛行機が成田空港に降りようとして一瞬、富士山のシルエットが黒く見えたんですね。そのときに、ああ、家に帰っても、もう母はいないんだな、と数秒間だけ悲しくなった。でも、涙は出ませんでした。

**曽野**　悲しいかどうかなんて、そう簡単に言えるものではないんです。母親や夫が死んでホッとしている人もたくさんいますよ。私は人の葬式に行くと、じーっと見ていたりするんですが、居眠りしている人もたくさんいる。それほど、生前お尽くしになったのね。悲しいのはわかるけれども、悲しいだけじゃないな、と思いましたね。

一方で、配偶者の悲しみも簡単にわかるものではない。悲しみはまるで違いますから。義父母にはあんなにかわいがってもらった、と思っても、実の親を亡くした本人のほうが悲しみは深いに決まっています。

私の母のときは、正直、翌日講演に向かう新幹線の中で、心は軽かった。ああ、今日から母は寝たきりじゃないんだと思いました。魂になったから、もう自由にどこへでも行けると思ったんですね。

だから、亡くなって感じることというのは、一人ひとり違って当然なんです。

## 配偶者の悲しみを、「雑用」で支える

三浦　配偶者は、肉親の思いを理解しつつ、できることをすることが大事だね。介護にしても、亡くなったときでもね。

曽野　私は何より、雑用で支えることが大事だと思っています。車を運転するとか、連絡をするとか、お医者さんを呼んでくるとか、雑用で配偶者を支えればいい。雑用は本当にたくさんありますから。余計なことなんて、言わなくていいんです。

私たちの場合、事前にお互い申し合わせがありました。例えば、事にあたって親世代が何を望んでいるのか、というのは直系の子どもが聞く。そして、配偶者はそれを助ける。それは、決めてあったんです。

入院するかしないか、というのも、決めるのは直系の子ども。そして入院すると決めたなら、配偶者は全力でそれを支える。つべこべ言わずに、相手が決めたことに協力すればいいんです。

わが家は三人とも家で亡くなりましたけど、何かあれば病院のお世話になりました。入院するしかないときもあったんです。しかも、多くの場合は緊急に決まる。そ

れを決断しないといけない。

昔はね、布団を持って入院していたんです。だから、私なんて今でも入院の名人ですよ。必要なものを、箸《はし》から醤油《しょうゆ》の小瓶からスリッパ、歯ブラシまで、一五分くらいで全部揃えられる。しかも、病院には詳しいんです。自分はもう何年も入院したことがないんですけど、親たち三人の入院で詳しくなった。

**三浦**　余計な口出しをして、揉める夫婦はよくありますからね。どちらかが決める、と決めていれば、すっきりするんです。

**曽野**　うちの場合は、ずっと役割がはっきりしていましたよね。私の母のときも、総理へのインタビューがあって葬儀に出られませんでしたから、「お棺には三色すみれを入れてね」と頼んでおいて。そうしたら、この人と息子がちゃんと三色すみれを入れて持ってきてくれました。

自分がやれないことを支えてもらえたら、それでいいんです。それだけで、ずいぶんラクになれるんですから。

夫婦のルール 7

## 介護と看取りの作法

❖介護は片手間に、できるだけ手抜きして、が続けるコツ

❖社会に迷惑をかけないよう、親の葬儀は極秘で済ませる

❖介護はある程度プロに任せ、家族の時間を大切にする

❖一族誰もが入れるように、墓には家名を入れない

❖決めるべきことは肉親が決め、配偶者は「雑用」で支える

第8章

# 五〇代から「一人で生きる」準備を始める

## 「第一の人生」を引きずらない

**曽野**　お医者さんに聞いたんですが、今の高齢者は三〇年前、四〇年前と比べると、生物学的に一五歳くらい若いそうです。平均寿命が延びているだけでなく、身体的にもずっと若くて、壮年期がとても長い。
その意味では、多くの会社員が定年を迎える六〇歳あたりが、ちょうど折り返し地点だと思うんですね。実は五〇代、六〇代は、まだ人生が半分残っている、「第二の人生」の始まりなんですよ。

**三浦**　たしかに、つい三〇年前までは、七〇歳過ぎたらみんなご隠居様で、家族の世話のもとに暮らすのが当たり前だった。でも、今は人口の五分の一が七〇歳過ぎなんですからね。

**曽野**　それこそ、高齢者は〝与党〟ですよ、数としては(笑)。だから、「××してくれない」とか「××してほしい」と若い人に頼ってばかりはいられないんです。もっというと、そういう頼り切りの人ほど、実年齢以上に老化が進んでしまう。

**三浦**　第二の人生を生きるときに大事なのは、「第一の人生」をいつまでも引きずらないことですね。第一の人生というのは、わかりやすくいえば、会社勤めであり、仕事や地位のこと。でも、それは定年とともに、すべてがいったんゼロになるんです。子育てだってそうです。六〇歳、七〇歳になれば、子どもたちは三〇代、四〇代。気に掛けるのはかまいませんが、何かあっても、正直、年寄りに何かができるわけではない。そのくらい、割り切ったほうがいい。

老人になることのメリットは、今の自分の状態に合わせて生きればいい、ということですね。誰かと競争する必要もないんです。年齢だって、基準にしないほうがいい。体力などは年をとるほど、より個人差が大きくなります。七〇歳だから、八〇歳だからと考えても、あまり意味がない。

## 日本の夫婦は用心が足りない

曽野　「第二の人生」の前に私が大事だと思うのは、用心することです。つまり備えるということ。日本の四〇代、五〇代は、少し用心が足りない。不用心なんです。

それこそ私が四〇代くらいのとき、母に近いお年の方で、とても素敵なご夫婦がいらっしゃった。仲は良いんですが、わざわざ別遊びをしているとおっしゃるんです。毎回じゃないけれど、ときどきは、一人で遊べるように訓練している。二人で映画に行くし、趣味も違っていないけれど、わざと別々の映画に行き、別々の趣味を始める。「一人遊びを勉強している」というんです。

しかも、遊びだけではないんですね。一人でもおかずらしきものを作って、ご飯を食べられるようにしている、ということでした。

ご飯が食べられないということほど、人間を縮こませるものはないんです。うっかりすると自殺まで追い込まれてしまう。奥さんに先立たれて、本当にそんなことになってしまう男性もいます。だから、消防訓練みたいに、いざとなったら一人でなんとかご飯が食べられるよう、練習しておいたほうがいいんです。お二人の賢さを、その後しみじみ思いました。

三浦　今は、デパ地下もあるし、コンビニもある。

曽野　出来合いのお弁当でもいいので、一人で食べられるようにしておくことです。それ以外にも、掃除をしたり、洗濯をしたり。家事をするということを、甘く考えないほうがいい。それが、生きていくということなんですから。

妻に先立たれて生きられなくなった夫というのは、なんとも情けないじゃないですか。毎日の暮らしができない、というのは、人間として非常事態です。

小学校のときに、「自分のことは自分でしましょう」と教わりますよね。あれは、ずっとついて回る。一生のことなんです。自分のことは、できるだけ自分でするように訓練しておかないといけない。その準備を四〇代、五〇代から始めておくことです。

## 五〇代から「一人で遊べる」世界を作る

曽野　実際、一人で遊び始める人もどんどん出てきていますね。最近、音楽会に行くと、男性の姿が多くてびっくりします。友人とオペラに行ったとき、会場を見回して、友人が小声で言うんです。

「ちょっと見てよ。禿《はげ》の人が多い……」

あれは男の復讐ですね。自分が会社勤めをしていたときに、奥さんが「今日はオペラなのよ」なんて言って出掛けていた。それを苦々しく思っていた夫が多いのよ。それで、「よーし、今に見ていろ。定年になったら、オレも行ってやるぞ」とチケットを買いに行ったら、一枚、三万五〇〇〇円もする。奥さんと二人だったら七万円ですから、ちょっと手が届かない。それで、一人で来ている、ということらしいんです。ひどい推測ね（笑）。

**三浦**　定年族は〝濡れ落ち葉〟なんて言われるけど、それが一番ラクだからそうしているわけでね。濡れ落ち葉が悪いかというと、当人はそれで満足しているかもしれない。ただ、奥さんのほうが満足してない場合が少なくないということには、気づいておかないといけないでしょうね。

私なんぞは、妻がボランティアだ、社会奉仕だ、としょっちゅうアジアやアフリカを飛び回って、日本を留守にすることが多かった。しかも、私に相談があるわけではない。「行ってきますから」で終わり。そうなったら、もう気持ちよく送り出すしかないわけです。私はアフリカに行きたいとは思わないしね（笑）。

先にも言ったように、妻が出掛けてくれたら、夫は普段食べられないものが食べられるじゃないですか。「女房がいなくて困る」じゃなくて、「よくぞ行ってくれた」と楽しみにすることです。

曽野　逆に、相手に押しつける夫婦もいますね。自分が好きだから、あなたもこれをやれ、と。それも辛いと思う。だからこそ、まったく違う世界を持っていることが生きてくる。相手の趣味には、少しだけ話の相手になるくらいでいいんですよ。

それよりも、自分の「個の世界」というのは、五〇代くらいから築いていかなければいけないと思います。急にはできませんから。

## 老年離婚の危機?

三浦　男と女が一緒に暮らすようになると、違う部分というのが非常に新鮮で珍しくて、それを肯定的に受け止められたなら、とても面白いわけですね。そして一方で、共通のものをどんどん作って、広げていく。これが結婚生活だと私は思うんです。

でも年をとってくると、男と女は、それぞれの資質や生活によって、新たに違うものが出てくる。例えば、身体の弱み。女の人で多いのは、腰痛とか、膝《ひざ》が痛いとか。

男では糖尿とか、血圧が高いとか。ある時期からは、またどうしても一人ひとり違うものが出てくるんです。

食べるものは、その典型ですね。夫婦で同じものを食べていると、夫にはいいけど妻には悪い、あるいは、夫には悪いけど妻にはいい、というようなものが出てくる。食べ物に限らず、生活習慣にしても、態度にしてもそうなるんですよ。

どういうものを食べるか。どういう行動をするか。どういう世界の人たちとつきあうか。それも分かれていく。そうなったときに、気が短い人は、「もう、こんなのと一緒に暮らせない。離婚だ」ということになりかねないんですが、このくらいのことで離婚していたら、何回結婚したって同じことです。

結婚生活というのは、共通のものを育てていくために大変な時間とエネルギーを要するわけです。そして、共通のものがあるからこそ、違いがあるわけですね。まったくゼロから始めるとなったら、それはもう大変ですよ。

そのことを思うと、我慢して違うものを認め、これからも違うものが増えていくことを承認していかなければいけない。

これは言い方を変えれば、配偶者が自分のことを何もかもやってくれるわけではない、ということを認めなければならないということです。

曽野　サラダの味付けひとつにしてもね。

三浦　面白いのは、ある程度、年をとっていくと、先祖返りをするんですよ。彼女の母親は、北陸の海辺で育ったものですから、タンパク質は魚なわけです。そうすると、妻に料理を任せると、毎日、魚が続くことになる。

先にもお話ししたように、長年暮らすうちにこちらも魚に慣れてくるんですが、でも、もし肉が食べたかったら、自分でステーキ焼くよりしょうがないんですよ。

そのような形で、夫婦は共通のものを育てながら、同時に違うものを発見し、それを相手に強制するのではなくて、違うものをお互い認めあいながら、自分でやっていくよりしょうがないんです。

## 老人も「少し無理して」生きるべき

曽野　それから、お互いが弱ったら世話をすることですね。ただ、かまいすぎてもいけない。その微妙なバランスが取れるのが、夫婦だと思うんですよ。今日はどうにも食欲がなさそうだから、インスタントスープを作ってあげようかしら、なんてことが自然に浮かんだりする。

私は、よく夫にアイスクリームを頼むんです。普段はまったく食べないんですけどね、ちょっと熱があると、不思議とアイスクリームが食べたくなる。それで、買ってきてもらうんです。そういうとき、ああ夫婦って気楽だな、と思うわけです。たかがアイスクリームなんですけどね。でも、夫に買ってきてもらったアイスクリームは、「ああ、おいしいなぁ」と。

私には膠原病があるから、とても体が痛い日がある。すると夫は、「こんなセーターを売っていたんだけど、これは手がラクじゃないか」とか「どてら風のものを着ていったらいいんじゃないか」とか、気を遣ってくれる。

全面的にいたわることはないんですよ。身体が不自由になったら、「こういうところに手すりをつけたほうがいいんじゃないか」と考えてあげたらいい。夫婦として、相手が生きやすいようにサポートしてあげる。アレンジしてあげる、ということです。

もし配偶者の目が見えなくなったら、一番大事なのは、手を引いて歩き、見えるものを説明することでしょう。「真正面に、中にあんこの詰まったカステラがあるよ」「右の三時の方向にお茶があるよ」って、言うだけのこと。それは、いいことですよね。

三浦　そうだね。

曽野　年をとれば、どうしても誰かに頼らざるをえないことが出てきます。なんでも、自分一人で生きられる、というのは傲慢《ごうまん》です。そこで難しいのが、自立と頼ることのバランスだと思うんです。

老人といえども他人に依存せず、自分の才覚で自立すべきだ、というのが私の考え方ですが、私は、人間はみんな少し無理をして生きるものだと思っています。年をとった、身体の調子が悪くなったからといって、何でもやってもらおうというのは、おかしい。

お金を稼がないと生きていけない現実もある。大きな荷物を背負った行商のおばさんは、もう昔の光景ですけどね。やっぱり生活があるから、腰が痛くてもやっていたんです。その程度のことは、人間やって当たり前でしょう。

みんな少し無理をするべきなんですよ。つらい思いをして、みんな生きているんですから。年をとっても、それは同じだということを知っておいたほうがいい。

## ケガも病気も、人生の味わい

曽野　私は六四歳と七四歳のときに、足首を骨折しているんです。治ってからも、長く歩いたりすると痛みはありますが、アフリカにもインドにもカンボジアにも出掛けていった。

カンボジアで地雷原の視察に行ったときです。ぬかるみだらけのところで、周囲は当然、手を差し伸べてくださる。このときは、悩みました。助けてくださる善意を拒否するのは、おかしいだろう、と。しかし、どこまで頼っていいのか。

そこで私は、道に決めさせることにしたんです。ぬかるみでは、人の手を借りる。でも数メートル行って整備された道になったら、自分で歩く、と。

人の肩にぶらさがって歩くのって、実は本当にラクなのよ。この安楽さはこたえられない。だからこそ、ここは自分で歩く、という線引きは厳密に決めて守ることにしました。

結果論でいうと、足を無理に使ってよかったんです。腫《は》れ上がるほど歩きましたから。最初の六四歳の骨折のとき、手術の後に二週間おきにレントゲンを撮ってもらったんですが、「よく歩いていますね」と言われました。

「どうしておわかりになるんですか」と聞いたら、骨の定着がものすごくよかったんだそうです。年齢が六四歳でしょう。普通、六〇代で骨を折ると、もう怖くて歩かない人が多い。家でじっと座っていて、トイレに行くときと、ご飯に行くときくらいしか、歩かなくなる。でも、私は最初から無茶をして歩きましたから。日本財団に勤めている時期でもありましたし。最初に手術の傷が残っているときだけ、車椅子でかばっていただいて、あとは一切予定を変えなかった。そういう生活をしたので、弱らなかった。

**三浦**　二度目の骨折のときも、五ヵ月後にイタリアの温泉に行っていますからね。

**曽野**　やっぱり無理をして歩いたし、傷が治ってからは、意識して同じ生活をしたんです。〝御身御大切〟は大嫌いなんですよ、昔から。そうしたらできた。七〇代でもできたんです。

年をとって足を折ったりすると、みんな一気に気弱になる。でも、足を折るのも人生なんです。ケガも病気も、死に至ることもひっくるめて人生。

私自身は、足を折らなかった人生よりも、骨折して思うように動けず、自信を失ったりした人生のほうが、より深い味わいがあったように思います。

## 「若いときの自分」と競争するな

三浦　ケガや病気は別ですが、五〇代以降はね、自分の全盛期の能力を基準にして、今の自分は昔の何割引きの体力だな、と確認しながら生活したほうがいいと私は思っています。ときどき、このくらいできるだろうと無理をしてしまう人がいる。それはやっぱり、身体に大きなダメージになるんです。

私が老いを最初に感じたのは、四三歳で日本大学の教授を辞めたときでした。家の外に出なくなってしまったのに、食習慣は変わらないから、やたらに腫れ物やおできができ始めたんです。

このままでは糖尿病になると言われて、ジョギングを始めたんですね。そのときはまだ、自分が老いるとは思っていなかった。いろんな走り方を試して、一〇キロを五〇分、というのが見えてきた。それくらいなら朝の運動としてちょうどいいと思って。

ところが、五九歳のときに文化庁長官を一年余りやりまして、この間、ほとんど走れなかったんです。一〇キロを五〇分で走れなくなってしまった。やっぱり一年以上サボっていたんだからしょうがない、また元の調子を取り戻そうと考えました。

同級生の医者にそう言うと、顔色を変えて私に言ったんです。「それを年寄りの冷や水と言うんだ。いつまでも若いときの自分を追いかけると、死ぬぞ。明日からは走るな。歩け」

年をとって、若いときの自分と競争していることが間違いだ、と言うんです。もう一〇キロを五〇分で走れるような年齢ではなくなっていた、ということですね。それで、六五歳の誕生日に一〇キロ走りまして。これを最後にジョギングをやめたんです。タイムは計りませんでした。

## 六〇代からの料理は「頭の運動」

三浦　彼女は右足を折り、それから左足を折ったわけですが、再び歩けるようになったとしても、やっぱり若い頃のようにはならないんですよ。特に左足のほうがこたえたとみえて、それをかばうせいか、「腰も痛い、膝も痛い」と言い出しましてね。朝は起きて三〇分くらいは動けない。

だから、私が朝飯作りのまねごとをするようになりました。コーヒーを淹《い》れて、牛乳をあたためて、大量のサラダを作る。トーストや餅を焼いたりする。すると、やがて彼女が起きてきて、座ったまま、亭主のやり方が悪いと言って怒る（笑）。自分でハムを出してきて、私に食べるか、と聞くから、食べたければ自分で食べると思って黙っていると、返事をしないと言ってまた怒る。年をとると、やたらと亭主に怒るようになるんですね。

私はそれこそコマネズミのように狭い台所の中を歩き回っているんですが、彼女はでんと座ったまま、私のやることに、ああでもない、こうでもない、と小言を言う（笑）。

私は六〇代の末から家事をするようになったんですが、そうすると、自分の気に入ったようにしたくなってくるんです。ベーコンを揚げてカリカリにするのが好きで、それは自分で選んで買ってくる。

目玉焼きにもこだわりがあって、フライパンに蓋をすると、黄身に白い膜がかかって白内障みたいになる。あれがいやだから、火力を落として蓋をしないでじっくりと焼く。そうすると、きれいな目玉焼きができる。

女の人は手抜きをするでしょう。でも、それに文句を言うんじゃなくて、自分でやってみたら、そんなこだわりもできる。

何でもやってみたら面白いもので、スクランブルエッグだって、固くならないように牛乳をちょっと入れるけど、醬油を入れたら別の風味になったり、「そうだ、ふりかけを入れたらどうだろう」とか、いろいろやってみると、失敗もしますけど、それなりに面白い。料理は頭の運動にもなるんですよ。

曽野　この人のサラダのドレッシングの味付けは、本当に上手なんです。私より上手。

## 畑仕事で「失敗する楽しさ」を知る

曽野　うちで食べる野菜はほとんど、自宅と三浦半島にある別荘の畑で作っているんです。レタス、ニンジン、カリフラワー、キュウリ……。

野菜づくりを始めたのは、五〇歳を過ぎてからです。視力がほとんどない時期があって、他のことができなくなったのと、土いじりをしてみると、ものすごく面白かった。それまでは、まったく興味もなかったんです。土に種をまいたこともなかった。

別荘は三〇代の頃からあるんですが、あるとき、こんないい土がある場所に、芝生を植えてしまうなんて何事だ、とある方に叱られてしまいました。それで畑仕事を始めてみたら、とても楽しくなった。別荘には、蜜柑《みかん》などの柑橘類《かんきつるい》の木も植えてあります。今は、東京の家でも畑を作っています。

原稿を書きながら、ちょっとした片手間に畑仕事をする。気分転換にもなりますし、身体にもいい。足が悪くなって以降は、いろんな方にお手伝いをしてもらって作っています。年々動けなくなっていますけど。

**三浦**　私は幸い、生野菜が好きですから。とれたてのおいしい野菜には関心がある。でも、食べられないものには、興味がない。野菜も、土の上にある間は興味がないんです（笑）。果物は別ですけどね、そのまま食べられるから。

別荘の蜜柑の木は、どれが一番おいしいか、全部わかっていますよ。Aクラス、Bクラス、Cクラスってね。

**曽野**　私は、畑が好きですね。花も好き。人の顔色はわからなくても、花や植物の顔色はわかるんです。「水のやりすぎでお腹こわしてる」とか。

五〇歳過ぎからこの世界を見られたことは、本当によかったと思う。花や野菜を育てていると、舞い上がらないんです。知的なことだけをやって観念論になることがない。自分はどうやって食べているのか、ということがいつでもわかるし。ああ、こうやって生きているんだな、と気づくことができる。

色ピーマンって、あるでしょ。あれはね、最初は緑なんです。でも、収穫せずに置いておくと、色がつく。私はそれを知らなくて、何年も失敗してしまった。

ようやく今年初めて、三浦半島のほうで色つきに成功したんです。こうやって失敗を繰り返すのも、また面白い。負けおしみですけど、それも本当に楽しいんです。

三浦　あれは色ピーマンと並べて、緑色のピーマンを作っておくと、色ピーマンのところに緑色のができるんだよ。だから、「ああ、姦通《かんつう》したんだ」と思って（笑）。

曽野　ほんとうに働かない人は、こんなことを言ってられるんです。

## 孤独を恐れるより、友達を作る努力をする

曽野　日本はすでに、全世帯の約三分の一が一人暮らしだそうです。配偶者と死に別れた高齢者も、これから増えてくるでしょうね。

一人で生きていけるのか、という不安があっても、生きていくしかないでしょう。使えるものは何だって使って。それが生きるということですから。

私が気になるのは、孤独は怖いというイメージがあるわりに、果たしてみんな、友達を作る努力をしているのだろうか、ということです。

友達を作る、一番ラクチンな方法は一緒にご飯を食べることです。一緒に食べませんか、と誘われることが嫌いな人は、あまりいないみたいですから。お金のことが気になるなら、「×曜日に一緒にご飯を食べません？　かかった費用は割り勘にして」

といえばいい。それにもともと、老人は安いもので間に合うのよ。

私は、ご飯を作るということをやめたときから、世の中が見えなくなってくると思っているんです。一緒に誰かと食べることもそう。私は人にご飯を食べてもらうのが、趣味のようなものなのです。大したご馳走はしませんけど。

**三浦**　飯を食えば、いろんなことがわかるしね。

**曽野**　そう。「あなたはどういう思想？」なんて聞く必要もないし。メザシを一緒に食べるのに、思想はいらないでしょう。そんなところに深入りする必要もない。配偶者を失った人でも誰でも、みんなを誘ってご飯を一緒に作って食べたらいいんですよ。

年をとると、台所から食堂までだってお皿を運ぶのも面倒くさくなるのね。それで、台所の隅っこにある小さなテーブルに友達を呼ぶようになるんです。そこで食べてしまう。

でも実を言うと、天ぷらにせよ、焼き魚にせよ、一番おいしいのは、台所で食べることですからね。揚げたてや焼きたてだと、相当いい加減なものでもおいしくなる（笑）。

大げさなものなんて、出す必要はないんです。塩鮭だっていいし、お野菜の二、三品もあればいい。それで、来てくれた人は喜んでくれる。

食事に招くという、そういう簡単なことから心を開くということを、なぜみんなしなくなったのか。本当に今は人を家に呼ばないでしょう。私は不思議ですよ。それでいて「おもてなし」が売り物になってきた。商売用の笑顔はほんとうのおもてなしじゃないのよ。

食事が一番です。エサで釣るってことね(笑)。

## すべての死は孤独死

三浦　孤独死というのも、ひとつの死に方だと思いますね。人間は、生まれてきたときも一人で、死ぬときも一人で死ぬ。だから、問題は孤独というものの考え方です。

古くからの友人の病気がかなり悪くなったとき、他の友人と一緒に見舞いに行ったことがあるんです。そのとき、彼は我々をとても機嫌よく迎えて、いつもと同じように笑っていた。ところが、夫人から後で聞いたところ、私たちが帰ってからワッと泣き出して、「あいつらはあんなに元気なのに、どうしてオレはこうも病気ばっかりして、いずれ死ななきゃならないんだろう」と言ったそうなんです。

彼は、奥さんがいて子どもがいても、元気な友達が来たというだけで、孤独感を覚えたんですね。だから、孤独死というのは、ただ一人で死ぬから孤独なのではない。誰かがいても、すべての死は孤独なんです。だから、人間は自分の死を、孤独な死を、どういう形で認めるか、ということが大事なんだと思うんです。

**曽野**　私は、始終、微熱が出たりして身体の調子が悪くなる。だからかえって高級な理由はよくわからなくなる。

もっと自然でいいじゃないですか。だるくなったら寝て、元気になったら少し原稿でも書くか、と思う。私はそういう自然な、人に説明のできないような身勝手さを許してもらえる現代の日本での生活がうれしいですね。

**三浦**　孤独死というのは、本人の問題なんですよ。その意味では、ただ一人で死んで、死んでからも誰にも気づかれずに三日も四日も経って、初めて死体として発見されたというのは、気の毒みたいですけど、その人自身にとってみたらどうなのか。

**曽野**　私はそういうことが気になったときは、本を読むんです。気になったことはなんでも、学びの機会にしてしまう。

異常死の始末をする会社があるんですよ。実際、孤独死の発見のきっかけは、蛆《うじ》がドアの下から這《は》い出てくることだったりする。アメリカでは、一番大変なのが、拳銃の自殺らしい。天井まで脳漿《のうしょう》が飛び散ってしまう。これは、片付けが半端ではない。気になって、関連のものを読むと、やっぱりそういうことはしてはいけないな、と思いますよね。

知らなくてもいいことまで、知る必要はない、という人もいます。でも、私は、すべてのことを知っていていいと思うんです。生きている以上、なんでも、避けずに見ていく。素人の範囲ですけど、この世にあるものを、できるだけ知っていきたいという気持ちはあるんです。

三浦　なんでもきっかけにしてしまうね。

曽野　そうすると、見えてくることがいろいろあるのよ、雑学ばかりですけどね。

## 配偶者の老いを通して、自分の老いを知る

曽野　これは耳学問と違って私自身の実体験でもあるわけですが、ガクンと老いるのは、七五歳を過ぎてからですね。

七五歳でクラス会に出てみると、ほとんど病人になっている。後期高齢者というラインを作った厚生労働省というのは、実によく判っていると思います。

**三浦**　老いというものを知るには、昔の同級生たちのことを考えるのが、ひとつ。それともうひとつは、六〇年間、生活を共にしてきた配偶者の老い方を見ていて、それを通して、自分の老いと配偶者の老いの違いを見つけることです。これも、非常に意味のあることだと思いますね。

**曽野**　私は、新聞や本からたくさん書くものを得るんです。本には、気になるところに赤線を引く。そうしておくと、後であっという間に気になっていたところが見つけ出せますからね。何十年前に読んだ本でも、赤線のところだけ見ると、必ず思い出します。

新聞は、気になった箇所を、とりあえず行儀悪く破る。ただ寝る前に、破いたのをそのへんに置いておくと、朝、変なところに落っこちていたりする。すると、足も腰も悪い私には拾えないわけです。大事な資料なのに。それで、この人に頼んで拾ってもらう。

私は特に朝、調子が悪いんです。一時間くらいすると、ようやく動けるようになる。だから皆さん、「いつもお元気ですね」とおっしゃるんですが、本当は必ずしも元気じゃないんですよ。それが現実なんです。

でも、見る限り、元気は元気。それも嘘ではない。そういうこともすべて含めて一番わかっているのが、配偶者なんです。

三浦　彼女は、足が痛い、腰が痛い、って言うでしょう。でも、私はね、身体中、どこも痛くないんですよ。だから、一面同情しながらもね、「オレはそういうことにならなくてよかった」と思ってる（笑）。

曽野　それはいいことよ。片方が元気だと助かりますからね。そうやって自分を評価しないと。どんなことからも、幸せを見つけることです。

三浦　だから、同情というのは、優越感や安心感と、一枚の影絵の表と裏なんですよ。それをわかって、優越感に浸《ひた》りながら、同情するんです（笑）。

## 夫婦のルール 8 老後の心得

❖会社の地位など「第一の人生」を、いつまでも引きずらない
❖夫も妻も、五〇代から「一人で生きる」準備を始める
❖老人といえども自立が基本。「少し無理して」生きるべき
❖「若いときの自分」と競争してはいけない
❖六〇代からの男の料理は「頭の運動」
❖孤独を恐れるより、友達を作る努力をする

# 第9章

# 「人と比べる」ところに、不幸が生まれる

## 遠藤周作の挑発に乗せられて

三浦　私は幼い頃からキリスト教徒だったわけではないんです。神父さんの話を聞いたり、聖書を読んだりして、キリスト教徒になったのでもない。

一九六二年に初めてヨーロッパに行きまして、聖ピエトロ大聖堂、つまりヴァチカンにある、カトリック教会の総本山を見たんですね。バロック様式の代表的な建築物ですが、全体としてなんだかゴテゴテした印象で、失望したんです。ミケランジェロの聖母子像は、優れているとは思いましたが。

それで日本に帰ってきてから、カトリック信者だった遠藤周作に「とても失望した」と伝えた。自分の考えるキリスト教とは違ったということを、例を挙げて、いろいろ話したんですね。

そうしたら、もしかしたらあれは私を騙《だま》すための最も巧みな嘘だったのかもしれませんが、遠藤はこう言ったんです。「お前は、オレよりもキリスト教のことをわかっている。オレがカトリックを信じているのに、お前が信じていないのはおかしい」と。

私は素直に「そうだな。オレのほうが遠藤より上だ」と思いました。「遠藤よりもキリスト教をわかっていて、遠藤がカトリックであるなら、オレがカトリックでないのはおかしい」と思って、洗礼を受けたんです（笑）。

**曽野**　小学校の児童の、競争心とほとんど同じよね（笑）。

**三浦**　自分の中に、何か現世的なものを超えた絶対なるもの、絶対美や絶対神に対する憧れがあったことは確かだと思います。その憧れというのを、もし説明するとすれば、キリスト教で説明するのが一番簡単で、自分にはそれ以外できないから、それで信者になったというところがある。

具体的にそれが何かと聞かれたら困るんですが、「絶対」に対する憧れがあって、その絶対なるものの手がかりを、聖書の中に見つけることは可能じゃないかと思ったんです。それはおそらく、仏教のお経の中にもあると思うんですけどね。

## キリストは最初のアナーキストである

**曽野**　私の場合、キリスト教は幼稚園のときから教育を受けましたから、本当に早くから染みついていましたね。

　神のいるところ、というのが、私たちの中にイメージとしてあったんだと思う。モーゼは荒野を四〇年間、失意と「この先どうなるんだろうか」という気持ちでさまよったわけです。ファラオの圧政から逃れるために、イスラエルの民を率いて出てきたにもかかわらず、民たちは「エジプトにいたときは、我々はたらふく食べていた」なんて文句を言い始める。それでも彼らは幕屋という形で、何もない荒野の中で四〇年間、神を崇《あが》め続けた。

　一方で私や夫の世代というのは、日本が戦争に負けて焼け野原になったのを見ている。だから、荒野に厳然として神がいる、ということに素直についていけたし、憧れたんじゃないかという気がします。

　その思いとヴァチカンは、ちょっと違っていたのかもしれない。ヴァチカンは独立国ですから、戦争中もあの小さな市国の中は、逃げてきたユダヤ人で溢《あふ》れていて、砲撃も爆撃も受けなかったんです。だから、無傷であの壮大な教会建築が残って、何かそれは浮ついているように見えたのかもしれませんね。

三浦　私の両親は、無意識的にですけど、ある意味、無政府主義者だったんです。でも、現実の体制とか政治組織を壊すような「政治運動」をするのは、アナーキズムの精神に反する、という思想でした。

つまり、心の中で現世的なものを否定し、それに対する批判精神を持っていることが、アナーキズムであって、それを実行してしまうと、もはやアナーキズムではないという考えがあったんです。

父は、私の姉にはマリコと名付けて、私には朱門という名前をつけた。マリアはキリスト教の聖母であり、シモンはキリストの一番弟子の名前です。その理由を父に聞いたら、「カエサルのものはカエサルに返せ」と。つまり、キリストは現世的な富や権力を拒否した故に、文献に残っている最初の意識的なアナーキストである、と言うわけです。だから、子どもたちにそういう名前をつけた、と。

先に、子どもの頃に父から、「宿題をやれと言われたからといって、なぜやるのか」と言われた話をしましたが、父はこう言うんです。「おれはお前を自由人として生んだ。お前は自由人なのだから、やりたくないことをやってはいけない」と。

そういう精神的な下地があったから、最初に聖ピエトロ大聖堂を見たとき、反感を覚えたのかもしれません。

私は一九六三年に洗礼を受けて、ある時期は教会に行ったり、あるいはミサに行くより生活が大事だと思って行かなくなったり、いろんな波があります。根底にはカトリックに対するこだわりはありましたが、ただ、キリスト教が夫婦の生活を規定したかといえば、まったくそんなことはないですね。

**曽野**　関係ないと思いますね。夫婦の片方が洗礼を受けず信仰がなくたって、いい人なら続いていくでしょう。

## 信仰の形は夫婦でも違う

**曽野**　キリスト教徒というものに勝手なイメージを持っている人が多いんですが、難しい話ではないんです。例えば、私が子どもの頃から完全に植え付けられているのは、「神という絶対的なものがある」ということ。そして「神は見えないところにあって、見えないものを見ている」と。この観念がある。

だから、私の人生はいいんです。人並みに怠けたり、ズルをしたいと願ったり、裏切ろうと思ってしまったり、何でもやっていい。ただし、それは全部神もご承知の上だ、ということ。この感覚が揺らいだことはない。

だから、「悪いことを承知で」というと少し体裁がよすぎますが、それを覚悟の上で、時々神に背きます。その範囲の悪をやってきたんでしょうね。

この感覚がない人というのは、ちょっとわからない。私も人並みに「いいことをしたら、褒められたい」みたいな子どもっぽい意識もありますが、一方で、この世から褒められなくてもいいんです。見ている方がいらっしゃると思っているから。

三浦　カトリックのように二〇〇〇年の伝統があると、その間にプロテスタントが分かれていったり、カトリックの内部でもいろんな論争があったり、さまざまな歴史を持っています。カトリックといっても、みんな一斉に同じことをするとは限りません。だから、曽野綾子と三浦朱門は、同じカトリックの信者であっても、同じ形で信仰をする必要はない。

富士山の頂上はひとつだけれど、それを見上げる角度や場所は、一人ひとり違っている。共通のものとしては、祈りの言葉やミサはあるけれど、キリスト教について、夫婦でも親子でも論争する必要はない。それが、いいところだと思うんです。

それこそ私たちは、息子が幼い頃に教会へ連れて行こうとしましたが、子どもというのは日曜日の午前中、教会になんて行きたがりません。しょうがないと思って、小学校の上級から中学校に行く頃にあきらめたんです。

そうしたら、あるとき息子が突如、「僕もある意味で、カトリックの信者なんだ」と言うんですよ。

「えっ、どうして今頃？」と思ったら、彼にガールフレンドができて、そのガールフレンドがカトリックの信者だった（笑）。だから、そういうカトリックもあるんです。

## 悪いことをした自分を、どう受け止めるか

**曽野**　到達の仕方ですね。比喩《ひゆ》的にいえば、神との通信方法がそれぞれ違うんですよ。電話の人もいれば、メールの人もいる、手紙を書く人もいる。
**三浦**　だから、カトリックの信者で強盗をする人もいるし、娼婦もいるし、詐欺師もいるし、聖人もいる。
**曽野**　それによって失望もしなくていいし、立派な人がいるから、私も同じようになろうとは思わない。できないし、一人ひとりの性格が違いますから。「あの人は立派でも、私は違う」。それは、はっきりしていていいんです。

それがあるから、人に対する嫉妬《しっと》とか、妬《ねた》みとか、コンプレックスとか、まったくないと言ったら嘘になりますけど、かなり希薄ね。

やはり一番正確な判断者がどこかにいると思っていますから。他はどうでもいいんですよ、この世のことは。ある程度はね。

**三浦**　悪いことをした場合、その自分の行いの受け止め方に、ある程度、カトリック的なものがあるかもしれませんね。

私が泥棒をしないのは、泥棒したときに、それをカトリックの信者としてどう説明するか、考える必要があるからです。私が不倫をしたとすると、それを女房に対してではなく、宗教的にどう自分に納得させることができるか、と考える。だから、泥棒もしないし、不倫もしないだけ、と言ってもいい。

**曽野**　私が今でも心に残っている話があるんです。ある修道会に一人の神父がいらして、その人が子どものときに、スペイン市民戦争があった。カトリックのいい家庭で、兄弟も多かったんですが、その戦争でお父さんを殺されたんです。お母さんは未亡人になって、たくさんの子どもが残された。一家にとって、お父さんがいなくなったというのは、大変なことだったわけです。

そのお母さんが、こうおっしゃった。「私たちは、お父様を殺した人を許すことを一生の仕事にしなければなりません」。その一言で、彼は神父になった。

本当かどうかはわかりません。でも、それほどのことだったんだと思える。いい言葉ね。そして、そうした偉大な精神的な事業を自らに課した人というのを、私はあまり知らない。会社を復興させるとか、そういうこととは違いますから。

**三浦**　自分の父を殺した人を許すことを自分の一生の仕事にするというのは、裏返してみると、一生自分の父を殺した人を恨み続けるということでもあるわけです。

その恨みをどういう形で晴らすか。もちろん父を殺した人を殺すのも、恨みの晴らし方のひとつの方法だと思います。

でも、カトリックというのは、その恨みの晴らし方、愛情の表現の仕方、それぞれのものに対して、自分なりの意味づけを行うんです。そこに、カトリック的なやり方がある。

**曽野**　そこに、個人の表現力というか、解釈、選び方が加わる。いずれにしても、別にいいことだけをするんじゃないんですよ。そんなことはできない。ときには悪いこともするわけです。

ただ、悪いことをする場合は、いかなる理由で悪いことをしているか、あるいは立派なことができないか、ということははっきりしています。だから、それを神に申告しますね。人間みんな立派な人ばかりではありませんから。

## 報われなくてもやるのが、人間の証

曽野　いずれにしても、カトリックの夫婦だから何が違う、というのは何もないんです。

ただ、正直ですね、私たちは。今日は面倒くさいから料理の手を抜いたわ、って言う（笑）。「今日は何もかも嫌になっちゃった。お沢庵《たくあん》で食べておいて」でいい。私はそういう感じでしたね。正直でいいんですよ。隠してもしょうがないから。

もっというと、カトリックというのは大変なもので、これは文学的に正しいかどうかわかりませんけど、普通、姦通というものは、妻が夫を、夫が妻を騙せれば、それで成功なんですよ。

ところが、カトリック教徒は、神をも騙す必要があるんです。もう一段階、手をかけなければならない。料理にたとえたら、蒸して煮ただけではなく、オーブンにも入れないといけない。面倒くさい話なんです。簡単じゃないから、面白いんですけどね。反対の人もいるでしょうけど、小説書きとしては妙に実感があって困るんです

（笑）。

**三浦**　ですから、ヨーロッパの近代文学というのは、姦通したり、人を殺したり、子どもが親を憎んだり、あるいは祖国を裏切ったり、社会というものを否定したりすることがテーマになる。近代文学は、キリスト教のプロテスタントやカトリックの争いの後で出てきたために、中世のように美しく気高い姫君とハンサムで強いナイトの物語ではなくて、もっと大きなものが相手なんですね。

それがヨーロッパ近代というものであって、その意味ではマルクス主義だって、キリスト教的な考え方を受け継いでいると思います。

古代国家があって、それが滅びて封建制ができて、近代社会ができて、最後にプロレタリア革命が成就して、共産社会になることによって人間が全部解放されるなんていうのは、つまりキリスト教の神学とまったく同じなんですよ。

**曽野**　そうなると、例えば「姫君はよくて、娼婦は悪い」といったことは、まったく言えなくなるんですね。神の目からすると、そうじゃないかもしれない。まったく別の視角になりますからね。

**三浦**　ただ、キリスト教のずるいところ、もっというとすごいところは、天国がこの世に来るとは言わないんですよ。つまり、現世では、最後の最後まで人間的な悩み、トラブルというものがある。それが最終的に解消されるのは、人類滅亡のときなんですね。

曽野　ご利益というものを、言わないのよね。いいことをした人がよくなる、というのは旧約思想であって、それはイエスの時代からなくなったわけです。いいことをしたから報われ、悪いことをした人には老病死が与えられるなんていうのは、まったくなくなった。

私はいつも書いているんですが、いいことや悪いことが関係ないからこそ、心の証を神に見せられるんです。もし、これだけいいことをしたら、これだけ将来お金が儲かるというなら、みんなそのためにいいことをしますよ。

そうじゃなくて、まったく報いられなくても、いいことをやるときはやるという、人間の証の意味が出てくるわけです。

私が不眠症から治って初めて書いた『無名碑』という作品は、土木の現場の物語なんです。誠実な土木技師の妻が発狂して、その病妻を抱えながら、日本とアジアの建設のために働いて、やっぱり最後まで現世的には報われない人の話なんです。でも、神は報いているんです。

だから、ある意味で自由ですね。世間の評判に対して、まったく超然としている、なんてことは言いません。社会が挙げて表彰するのもいいでしょう。金銭やご褒美《ほうび》で報いるのもいい。栄誉で報いるのもいい。

でも、最終的には、そういうものでもない、という気持ちも同時に併存するわけです。

## 人生の成功や失敗を考えない自由

**曽野**　だからといって、カトリックを勧めたいわけではないんですよ。人はみんな自由に選べばいいんです。押しつけることなんて、考えない。「これがあなたにとってよいことです」なんて、わかりませんから。

**三浦**　自由とはどういうことかというと、いい学校に入ろうとか、いい会社に入ろうとか、社長になろうとか、お金を儲けようとか、そういうことをもって、人生の成功や失敗と考えないで済む、ということです。

ひどい学校に入っても、その中で自分の心を広げる場を発見できる。思いがけずお金を儲けちゃっても、お金にこだわらずに人生を考えられる。そういう自由さというか、謙虚さがある。

曽野　人と比べるところに、今の日本の不幸が潜んでいる、と思える時はありますね。私は、あまり比べない。だって、できないことはできないですから。それは、私の大いなる甘さなんですけどね。私のできること、できないことって、範囲が決まっているんですよ。ほどほどでいいんです。

アフリカに行って帰ってくると、いつも身体を揉んでくださるマッサージの方が、「毎回、身体がよくなって帰ってくるね」と言われる。

どうしてかというと、アフリカは限りなく人間的だから。貧乏も裏切りも当然ある。お金がなければ、泥棒をする。ルールは守らない。汚職に手を出す。時間通りに交通機関は動かない。それをわかっているから、自然に動けるんです。実はそれが、人間だからなんでしょうね。

しかも、私なんて、懐の中にドル札やユーロ札を持っている「大金持ち」ですから。その中でずるく立ち回って、清潔なお水の瓶も買えば、まともなホテルにも泊まれる。そういうずるさの上に立って、アフリカを旅すると、ほんとうにたくさんのことを学べます。

恵まれない人のために活動している、なんて言われますけど、私はいいことをしているなんて思ったことは一度もない。したいことをしているだけなんですよ。

アフリカで歯の治療をしたとき、間違って唇を切り取られてしまった女の子がいました。一八歳で、普通ならもう結婚している年ですが、ずっと口を隠したままなんです。

そんな、医療にかかれない人だらけです、アフリカは。そこに日本のドクターをお連れして、診ていただいた。こんなすごい患者なんて日本にいませんからね。「ドクターとしては、腕の見せ所でしょう?」って申し上げて。私は図々しい老人ですよ。顔が崩れてしまった子どもたちもいる。それを治せたら、ドクターも腕を振るう経験になるし、両親も本人も喜んでくれる。

高級なことはどうでもいいんです。人にじろじろ顔を見られないとか、お腹が空《す》いている子のお腹がいっぱいになったとか、そういう素朴な幸福が、やっぱり必要だと思っているだけです。

## 宗教は最後に人間を救えるか

三浦　お腹の空いている子に食物を与えたり、顔が崩れた子の劣等感を救ったりというようなことは、現世的な意味では、いいことですね。

でも、現世的な意味でのいいことと、宗教的な意味でのいいことは、また別であって、宗教的には自分が治ることのない病気を持っている、それ故にいっそう神に近づくというのもあり得るわけです。

**曽野**　それは、病気をしていない人の言うことですね。私の目が見えなくなったとき、「曽野さんは、すべての視力を失ったときに神を見るだろう」と言ってくださった神父様があった。

でも、私はすぐに言いました。「神なんか見なくて結構ですから、目を下さい」って言ってしまった。本当にギリギリのところでは、本音が出るのが人間なんです。カトリック信者でもね。

**三浦**　お腹が空いている子どもに対して、「君はこうして飢え死にするときに、本当に神を見るだろう」と言ってもいい、と。

**曽野**　誰もそうは思わないのよ。盗んででも食べたいと思う。私はそれを知っています。最後の最後のところでは、人間はなかなか宗教で力を得られない。でも、そうではない、神の力が及ぶ時があることも本当なんです。

人間の行動とは、そういう複雑なものですね。そのことをよく知った上で、私は生きてます。だから、あまり体裁のいいことは言えない。

ただ、アフリカを通じて人間を学びました。利己的で、本当の人間の生の姿、生きていく現実を、よくよく見せてもらいました。

三浦　私はアフリカに行かなくても、アフリカはわかっているとうぬぼれているから、行かなかった（笑）。

曽野　私はバカだから、行かないとわからないのよ。

夫婦のルール 9

## 信仰の教え

❖神が見ているから、この世で褒められなくてもいい
❖夫婦でも親子でも、同じ信仰は求めない
❖「あの人は立派でも、私は違う」でかまわない
❖報われなくてもやるからこそ、人間の証になる
❖お金や成功を求めないから、自由になれる

# 第10章

# 「死に方」を考える前にしておくべきこと

## どんな人生も、仮の旅路

**曽野**　キリスト教では、死ぬ日のことを、「Dies Natalis（ディエス・ナタリス）」と言うんです。これは直訳すると、「生まれる日」という意味なんですね。

二〇一三年に七一九年ぶりに自由な信仰によって生前退位されたローマ教皇のベネディクト一六世が「巡礼者に戻る」と言われたのは、とてもいい言葉だと思いました。

私は幼稚園の頃から、「人生は仮の旅路である」と聞かされ続けてきたんです。「我々が生きる生というのは、永遠の前の一瞬に過ぎない」とも聞いてきた。実際、その通りだと思います。

どう疑ったにしても、地球は何万年か、何十万年か、何億年か、続くかもしれない。それならば、どの人の人生も、永遠の前の一瞬なんです。

だから、豊かな生活も貧しい生活も、仮の旅路。絶対のものではない。貧乏な人を見て、「あの人は怠け者で悪い人だ」とは思わないし、お金持ちを見ても「偉大な人だ」とも思わないんです。ただ、「どうせ人は皆死ぬんだから、お腹が空いていてもいいだろう」とは言えないのね。

三浦　私たちは日本にいると、自然と仏教の言葉が入ってきますね。「諸行無常」なんて言葉もそうです。死というものに関しては、キリスト教も同じなんです。私もあと何年生きるかわかりませんが、死がいつ来てもおかしくない。実際、友達のほとんどは死んでいます。私と前後して小説を書き始めた人間も、ほとんど死んでいる。

生きてはいるけれど世間から引退してしまった友人もいる。だから、死というものは、いろんな形があるんです。歩けなくなるのも死。寝たきりになるのも死。認知症になるのも、ひとつの死です。

曽野　人間は、徐々に死んでいくんです。これは、今の私の実感です。私の場合はまず、両足首。二度骨折していますから、以前のようには歩けないですね。内臓も、測ったことはありませんが、機能が落ちていると思います。

だから、一度に死ぬんじゃないんですよ。もしかすると、五〇代、六〇代から徐々に人間はパーツとして死んでいく。それは異常なことではない。だから、足を折るのもしょうがなかったんだと思うんです。

## 「ずっと若くありたい」という無意味

**曽野**　「ずっと若くありたい」という人がいますよね。でも、私にはまったく意味がわかりません。人間は相応に年をとるんです。若くありたいなんて、あまり意味のない言葉だと思う。

もし、少しでも若くいたいなら、お料理をすべきでしょうね、自分で。毎日、一食も手を抜かないほうがいいわ。その代わりにできるだけ、薬なんて飲まない。

**三浦**　私は毎朝、七種類、薬を飲むんですよ。糖尿、痛風、心臓、血液サラサラ……。全部、病気とつながっている。

**曽野**　七つの大罪だ（笑）。

**三浦**　薬さえ飲んでいればね、好きなものを好きなだけ食べられるから。四〇年以上飲み続けている薬もある。だから、この七種類の薬がない時代だったら、私は五〇代くらいで死んでいたかな、と思いますね。

**曽野**　そんなことはないでしょう。私はもう一五年くらい人間ドックにも入っていないし、健康診断もしていない。まったく自然派でね（笑）。それを最近お会いしたメディカルドクターたち数人に言ったら、「それでいいんです。僕もそうです」という声が返ってきて。そういうお医者さんが、意外に多いんです。人間ドックや健康診断をして、お金を使って、気も遣って、なんてことはしたくない。もう、死ぬ時は死ぬのがいいんですね。

**三浦**　僕は乳児のときに中耳炎をやっていますから、徳川時代だったら、脳膜炎で死んでいたと思う。もし、生き残ったとしても、二七歳のときに盲腸をやっていますから、これでも死んでいた。

昔の人は、命が短かったんです。それは、当たり前のことだった。だから、戦争も含めて、自分はよく生きながらえてきた。「今日死ぬ」と言われたら慌てるかもしれませんが、ここまで生きて、とにかく身体も動いて働き続けることができた。それだけで十分だと思っています。

今日まで生きたから、明日も生きるとは限らないですからね。明日からは、もうわからない、という感覚はいつも持っています。

**曽野**　だから、一番困るのは、講演の予約なんです。一年後とか一年半後の日程で講演の打診を受けたりすると、「生きていましたら」と答える（笑）。主催者は困ってしまうようですけど。だって、わからないんだから。あまり先の約束は、しないほうがいいと思いますね。

## 長生きして配偶者を看取りたい？

**三浦**　よく冗談で、こんなことを言ってきたんですよ。女房が先に死んだら、新聞広告を出そうと。「求む、六五歳以上若い妻、洋服作り放題、当方はあと三年で死ぬ予定」と（笑）。

配偶者が死んだとき、第一の人生が終わるんです。でも、第二の人生は三年しかない（笑）。事実上、第二の人生なんてないということです。

私たちは結婚六〇年以上になった。親に死に別れたのが、六〇代の前半でした。子どもの頃の二、三年は記憶がないし、親とは別居していた期間もある。つまり、結婚生活と親との生活を比べると、結婚生活のほうが長いわけです。夫婦は赤の他人であるのに。となれば、やはり妻は自分の生活の大きな一要素であることは間違いない。

だから、自分の死だけでなく、配偶者の死もちゃんと考えておかないといけない。私がいなくなると、妻が悪口を心おきなく言える相手がいなくなってしまうから、今は彼女を看取るのが、私の役目だと思っているんですけどね。

**曽野**　どうも、そう思っていてくれるようですよ（笑）。私は、そういう意味のない予定は、立てたことがないんですけど。

**三浦**　彼女の両親が死んだ平均年齢が、八三歳なんですよ。私の両親の死んだ平均年齢は、九〇歳。時代が違いますから、それよりは長生きするでしょうけど、ほぼ親の寿命に近づいています。それはやはり、承知して生きないといけない。

**曽野**　そんなことも考えて、しばらく取材に行くのをやめていたんですよ。私はとっても長く取材するんです。「お仕事を書かせていただきたいから、見せてください」なんて言って、何年も取材をさせてもらったのに、その間に死んじゃったら、約束違反というか、詐欺行為になる気がして。

でも、そう計画するのも、また不自然な思い上がりなわけです。そこで「今日生きていれば、明日も生きてるだろう。今年、生きていれば、来年も生きているだろう」と思うことにしたんですね。

その間に、頭がボケたり、身体機能を失ったりすることがあるかもしれないけれど、それを細かく予測して物事を考えるというのも、人間の埒外《らちがい》だという気がしてます。

長生きして相手を看取りたい、なんていうのも、そういう計算はまったく無意味だと思っているんです。だって、人間にはできない予測だから。私は一度も考えたことがないですね。

死に方も考えない。死に方をいくら計算しても、自殺以外はその通りにならないでしょう。そういう無駄なことは考えないことにしました。

**三浦**　今晩、私どもが外出して、そこで自動車事故で死ぬかもしれない。予想とか予定とか、死なないための配慮とか、そういうことは無意味とは言いませんけれど、限界があるのは確かですね。

**曽野**　それより、相手が衰えないように何ができるかを考えることです。例えば、この人は耳が聞こえなくなってきて、聞き違えることが増えているんです。だから、三回に一回は「今のは間違いですよ」と言うことにしています。わざとしつこくね。

## 何かを「やめる」ための指標を決めておく

曽野　私自身だって、道の悪い国に行くと、途端に歩けなくなるわけです。私の足の能力というのは、舗装道路の上なら、三キロでも四キロでも、たぶん歩ける。でも、そうじゃない道路は、本当に歩きにくいんです。足首の機能が弱くなってますから。それで、同行者にご迷惑をかけてしまう。だから、最初から存分にお詫《わ》びしておいて、同行者にいささかのご迷惑をおかけしても許してくださるだろうところは、ご一緒させていただくんです。

ただ、切符とかメガネとか、万年筆とかボールペンとか時計とか、そういうモノをなくすようになったら、これは旅行にはもう行けないな、と思っています。管理能力がなくなったということ。それは、何かをやめるバロメーターになる。

パスポートやお金をなくすようになったら、誰かに管理してもらえばいい、そのほうがラクだ、という考え方もありますが、もしそうなったら、私はもう外国へ出ませんし、旅にも出ません。

講演もね、私は二時間、立ってするんですけど、それができなくなったら、講演もやめようと思っています。指標を決めておくと、わかりやすいんです。

**三浦**　私は趣味として、電車に乗って出歩くのが、好きなんですね。だから、用事がなくても渋谷をうろうろしたりしている。週に一度、上野の日本藝術院に行きますが、車はあっても、電車で行くんです。電車に乗っている人とか、駅構内の商店街とか、そういうのを見ると、けっこう楽しい。

例えば、渋谷に行くと近頃、妙な若者がいっぱいいるんですよ。女はレギンスとかいう黒い股引《ももひ》きをはいているし、男は腰の回りに鎖を巻いていて、なんだか逮捕されて腰縄付きで逃げてきたんじゃないかと思うような格好で（笑）。

**曽野**　そういうのに、いちいち文句言うのが好きなんですよね。この前も、警察官がスカートをのぞいて捕まったというニュースを見て、「変わってるよなぁ。わざわざのぞかなくたって、ほとんど丸見えじゃないか」なんて、あなた言っていましたね。

どうしても高齢になると、世相風俗に対する視点や関わりが欠落することも多いけど、やはり町の空気を感じることは必要ですね。

**三浦**　電車の中吊《なかづ》り広告も楽しい。あれを見ると、普段、自分が興味を持っていないことが飛び込んでくる。だから、歩くことが好きなんです。別に健康法で歩いているわけではないんですね。

## 「着物二枚、草履一足」だった母の最期

曽野　遺言状を書いたのは、ずいぶん前でしたね。うちは一人息子ですから、遺産の問題はないと思うんですが、それでもちゃんとしようと思いました。

モノも、どんどん減らしていますよ。この二、三年。捨てたり、売ったりして。近くに買ってくれる業者さんがいるので、そこにどんどこ売っちゃう。売ったお金は、寄付する。さっぱりして気持ちいいですよ。

でも、これで終わり、と決めちゃうと、また心が頑《かたく》なになるでしょう。だから例えば一〇の空間ができると、もし買いたいものがあれば一くらいは買うんです。やっぱり、そういう気持ちも大切だと思うから。無理はしないことですね。

原稿や写真も、三浦半島の別荘の炉で全部、焼いてしまいました。写真なんて数千枚もあったので、二、三日、焼き続けました。

取っておいても意味がないから、二人で、焼こう、ってことになったんです。写真は五〇枚あればいい。ひ孫が、私たちは若いときはこんな顔で、老人になったらこんな顔になったってわかれば、それで資料の意味は果たしますから。

たとえば私の叔母の写真なんて、息子にとっては見たこともないおばさんだったりするわけです。そんなものはいらないでしょう。残されたりしたら、えらい迷惑ですよ。

**三浦**　それにしても、すごい煙でね。気管支を傷《いた》めて、三日寝込みましたから。

**曽野**　私の母の遺品が、私にとっては理想的なんです。暮らしていた六畳一間に、小さな整理ダンスが一つあって。そこに着物が二枚と、それから草履が一足。あとは、みんな人にあげてしまっていたんですね。一足残されていた草履も、万が一、病院に行くときのために、と。

ですから母の死後、整理をするのにかかったのは午前中だけ。半日で終わってしまった。すばらしい人でした。この点だけはね。時々、憎らしい顔も見せましたけど(笑)。

私の知人に、遺品整理に何ヵ月もかかった人がいて、大きなゴミ袋で一〇〇〇袋捨てたという人がいました。これは、本当に子どもに迷惑ですよ。

**三浦**　私の母は突然、昼寝をしたまま逝ってしまった。でも、彼女はそれまでも病気をしていたから、覚悟していたんだと思う。遺品を整理していたら、粉薬を包んでいた紙が出てきたんです。

そこにエンピツでね、「トン、マリ、マミちゃん、ありがとう」って書いてあったんです。トンというのは私のあだ名です。マリは私の姉。マミちゃんというのは、息子がママのことをマミちゃんって言っていたから、母は女房をそう呼んでいて。三人にありがとう、って残してくれたわけですよ。

それだけでいいんです、遺言というのは。

曽野　折りたたんだ薬包紙だったから、危うく捨てるところでした（笑）。私の母も、義理の母も、本当にモノに執着しない人でしたね。それはすばらしく、素敵なことだったと思います。

## 自分の追悼文を書いておく

三浦　人間の死というのは、社会的な死と家族的な死があるんです。このうち、社会的な死なんていうのは、まあくだらないものでして。家計簿に付ける数字みたいなものですよね。だから、肉親への思いだけが人間の死の意味かな、と思います。

肉親だけが、本当の意味で自分の死に関心がある人ですから。

曽野　私たちは文学の世界で「第三の新人」なんて呼ばれたわけですが、同年代が多いですから「第三の新人」もどんどん亡くなっていって。担当だった編集者も年寄りになってね。

友人の作家が亡くなると、追悼文を求められるんですよ。そのために編集者も、残された作家も駆け回る。だから私、知人の記者に言ったんです。「私の追悼文、先に私が書いておいてあげましょう」って(笑)。

追悼文は、二通り書いておくんです。「美人で優しくて心根がよくて才能に溢れて」というのを一通。それから「あのクソババア」というのが一通(笑)。どっちでも好きなほうを使ってください、って言ったら、返事は来ませんでした。

**三浦**　「中間もください」と言う人がいたんじゃなかったか(笑)。

**曽野**　この間、ある編集者の方がね、「曽野さん、死んだら知らせてください」って言うので「ええっ」と言ったら、「僕、手伝いに来ますから」ですって。いい方ですね、雑用をしてくださるというんです。だから早速、秘書に、「あの方は、雑用をしに来てくださるとおっしゃるから、死んだらお知らせして」と。

うれしいわね、皆ニコニコして集まってくるんでしょうね。「今日から風通しがよくなったな」と顔に書いてあるのよ。

私は追悼の式もやりませんし、普通の葬式をやって終わり。「早く終わりにしちゃいなさい」と伝えてあります。

私は自分の死を「たいしたものだ」と思うことが嫌なんです。ただ、死んだ後にゴミ箱に捨てるわけにもいかない。だから、近所の教会で、簡単にやってもらえたらいい。それと、記念になるものは一切、残さない。

間違っても、文学館なんて作ってはいけない。文学碑もダメ。ああいうもので、自然の景観を破壊したらダメなんです。文学なんて、研究もしなくていい。少なくとも、私の文学は研究しなくていい。

三浦　肉親で今、つながりがあるのは、息子夫婦と孫だけですから、孫がいくらか我々のことを覚えてくれているかな、という程度でいいですね。

終わりが素敵なら、それまでが少々みっともなくてもいい

三浦　一年一年、肉体的な状況は衰えていきますから、やはり時が迫りつつあるな、というか、肉体の限界は見えてきています。同時に、これは精神にも、こういう老いが来ているんだろうなと思っています。

曽野　あなたは公職も含めた役職について、自筆の辞表をすでにちゃんと書いてあり

ますね。日付のないものを用意している。それで、あなたの判断がおかしいと思ったら、私が日付を入れて出せばいいんです。

大したことじゃなくても、ちょっとした責任を有しているのであれば、そういう用意をしておくべきだというのが、私たち二人の考え方です。

**三浦**　私は少なくとも今のところ、手足はよく動きますが、それでも卒寿までには、「長」がつくものはやめなきゃいかんと思っています。

**曽野**　「委員長」とか「会長」とか「理事長」みたいなものね。それは、やめなきゃいけないですね。いつまでもやめない人がいますが、周囲はたいへん迷惑。次の組織ができないんだから。それこそ、後期高齢者になったら、公職は自動的にやめると書いておくといいかもしれない。

でも、年齢にかかわらず、ある瞬間に脳の中で小さな変化が起きたら、もうその日からおかしいですから、やっぱり辞表は絶対に書いておく必要がありますね。

**三浦**　体力があるうちに、やるべきこともしておかないといけない。

**曽野**　二〇年通って楽しんだシンガポールのマンションも、体力が落ちると引き揚げられなくなるかもしれないと思って、数年前に売ってしまいました。大きな家具は残して、ほんのわずか、たった三時間で梱包《こんぽう》できるほどのものだけ、日本に持って帰ってきて、きれいに引き払ったんです。

三浦　宇宙全体から考えると、私自身なんて限りなくゼロに近い。もうゼロとして計算していいくらいのものです。だけど、ゼロに等しい私が、全宇宙のことを考えることができる。そして、消えていく。面白いですね。

曽野　死ぬということは、いいことなんです。畑仕事をしていると、それがよくわかります。間引きによって生命を失った個体のおかげで、残った葉っぱがすくすくと育つ。死は新しい生につながっていく。新しいものを生み出すことでもあるんです。

三浦　老いを認めて楽しめるのは、小説を書き始めるとき、いつも書き終えるときのことを考えるからかもしれないね。

曽野　人生もまた同じです。終わりをきれいに考えないと描けない。一番大事なのは、終わり。終わりが素敵なら、それまでが少々みっともなくたって、いいような気もします。

三浦　死んだ後のことは、「あとは野となれ、山となれ」でね（笑）。

## 夫婦のルール 10　死を迎える準備

- ❖「ずっと若くありたい」は無意味。相応に年をとるのが自然
- ❖「死に方」を考えるより、衰えないための努力をする
- ❖何かを「やめる」ための指標を決めておく
- ❖家族に迷惑をかけないよう、余計な遺品は残さない
- ❖責任を要する仕事があれば、辞表を書いておく
- ❖小説を書き終えるように、老いを認めて楽しむ

# おわりに――曽野綾子

## 夫婦で死ぬ日まで成熟していくために

「よくも続いたものだ」と三浦朱門は言います。「何しろ親といるより長い年月を一緒に暮らしたんだから」と、あとに続く時もあります。結婚して今年で六三年になるそうですから、たしかに親とよりも長く同じ人生を生きてきたことになります。

もっとも、人生の厳しさを最もよく見せつけられた戦争中、私たちはお互いにまだ相手がこの世にいるということさえ知りませんでした。ただ、その後、一緒に家庭を築き、ご飯を食べ、子供を育て、お互いの職業の邪魔をしないようにしてきたわけです。私たちはともに作家でしたが、お互いにこれから書こうとしている作品を語ったこともなく、相談したことも、完成した相手の作品をまともに読んだこともありませんでした。

この間の日本は、ありがたいことに大きな戦争をしないで済んできただけでなく、社会を発展させました。小説家など、その間、何の役にも立たなかったのに、世間がいい社会を作ってくださったのです。つまり私たちの先輩、同輩、後輩が日本を築くために一生懸命働いてくださったおかげですが、そのほかに、時代がもたらしてくれた幸運というものも大きかったでしょう。

三浦朱門のことはよくわかりませんが、私たちはその間に、人間としてたしかに変わってきたように思います。少なくとも私は変わりました。それは人と時代に育てられたおかげです。私は戦争のない日本で小説を書いていられましたが、五〇歳のときに視力を失うかもしれない危機があり、もし眼が見えなくなったら鍼灸師になろうと思っていました。実は私には先天的に、人間の体のツボがわかる才能があって、きちんとした学校に行っていたら、かなりいい鍼灸師になっていただろうと思います。しかし、私は、日本の高度な医学の結果生まれた名医のおかげで視力を取り戻し、それから人生の後半を生きられました。つまり、アフリカに深入りしたのです。これは日本の繁栄とは全く逆の、人間の生命がつながり得るかどうかという危険な状態を見せてくれる世界でした。

もちろん人間は単一な物語、状況を生きているわけではありません。私はキリスト教徒でしたから、その間に聖書の勉強をしました。新約聖書を学ぶだけで一七年かかりました。最古の一神教であるユダヤ教は独学で学びました。その結果、歴史の上で最初の一神教であるユダヤ教と、その新興宗教として現れたキリスト教、後に出てきたイスラム教の三つの一神教を、比較的抵抗なく知ることができました。これは現代において世界情勢を理解する上で、かなり役に立ったような気がします。

その間に私たちは、私の実母と三浦の両親と、三人の年寄りとともに住み、彼らを自宅で見送りました。昔からの素朴な庶民の生き方だったような気がします。彼らは不自由がなかったわけではないでしょうが、私たち世代とともに住んでくれ、飢えや不潔に苦しむこともなく、ある日、住みなれた古家で息を引き取りました。

凡庸な偉大さというものがありますが、凡庸ということは理解し得る社会を広げることですから、大変に恵まれた境地だと私は思っています。私たち一家のような生涯は、数百年前にもあっただろうし、数百年後にもあるかもしれません。現在、三浦朱門は九〇歳、私は八五歳ですが、平均よりやや良好な健康に恵まれながら、きちんとそれなりに年をとっています。しかし、考えてみると、二〇代の自分と全く同じだったらむしろ気持ちが悪いので、太古の昔から人間の大きな問題だった生老病死というものともまともに向かい合えてこそ、私たちは人生を全うできるというものでしょう。

我々の時代の生活は、どんどんいいほうに変わってきて、怠け者の私は、まず洗濯機ができたことに大きな感謝を捧げ、最近ではコンビニの便利さに感動しています。しかし、一方で、私は料理をすることをやめませんでした。一つには、自分の好きな味というものがあって、それが一時は考えていた老人ホームでの老後を希望しなくなった理由なのですが、それと同時に、私はアフリカの貧困を知りましたので、今晩食べるものがあるということが、どんなに偉大な幸福かを知っているからです。私は食料の一片も捨てないということに人間としての礼儀を感じていますし、それをささやかに果たしていくということが、決して小さな問題ではないと感じているのです。

今、日本では識者たちがしきりに「隠れた貧困がある」というようなことをおっしゃいますが、貧困は隠れていません。れっきとして見えます。世界の貧民たちは今、Tシャツだけは潤沢に配られて持っています。しかし、現金はありませんし、子供の就学も保証されてはいませんし、医療にかかる恩恵などにはほとんど浴したことがない人たちがたくさんいます。子供たちはやせていますし、人の顔を見ると物乞いをします。貧困は決して隠れてはいません。

貧困の定義はたった一つで、それは「今晩食べるものがない」ということです。これに該当しないものは貧困ではありません。私は、そうした厳しい現実を運命的に見せてもらいました。世界的な富豪になり、宮殿に住むのも贅沢ですが、徹底した貧困を見られたことも、私の心にとって申しわけないほどの贅沢だったと思っています。

しかし、三浦朱門は私のそうした世界には触れようとしませんでした。私も、同じように行動することを望んだことは一度もなかったと思います。むしろ別々の世界を歩き、二人は夕ご飯のときに「今日見てきたこと」を話し合いました。それが我が家の常態であり、楽しさであり、勉学や進歩のきっかけだったような気もします。

国家や政府が個人の生活に口を出すべきではないという考え方には私も大賛成ですから、夫婦は家庭の中でそれぞれの道の歩き方を見出せばいいのでしょう。私たち夫婦には違うところがたくさんありました。私はクラシックの音楽を聴きに行きたがりましたが、三浦朱門は一度も音楽会に同行したことはありません。生まれて間もなく中耳炎のために片耳の聴力を失っているので、音楽会に行ってもおもしろくないのだそうです。

彼は同時に、成熟した文明を愛しました。しかし、私は違ったのです。私は今でも自分一人で占有しているテレビでサバイバルの番組をよく見ています。私は、人間がそこから発した元始に対して現代の人間がどう生きているかを見たいのです。たぶんこうした性癖は、どちらがいいというものでもないでしょう。夫婦であっても個体ですから、それぞれが適応した生き方をすることによって、少しは社会で生きる場を拡げてもらったような気がするのです。

三浦は一年ほど前から、九〇歳という年相応に体が衰え、現在、私は「夫の介護人をしている」と世間には言っています。実は私自身、体力がなくなってきたので、まず講演や対談に出るのを原則としてやめました。家にいてサービスのよくない介護人を務め、その傍ら、書く時間は十分にあるので、昔からの仕事であった著述業だけは変わらず続けています。この老老介護という姿は、これから社会で大きな問題になるでしょう。今はまだ少し私に体力があるので、きわめてサービスの悪い介護人も続けられるのですが、体力がなくなったときにどうするか。私は、日本国家にはもはや解決の道はないと思っています。それは老人の介護に回せる労働力がどこにもないからです。

二〇年、三〇年前の東南アジア諸国はまだ貧しくて、子だくさんで貧乏な家庭を持つ国があちこちにありました。それらの家庭からは、主にお母さんたちが他国に働きに出て、寝た切りの老人の面倒などをかいがいしく見ていました。しかし、嬉しいことにそうした途上国も次第に豊かになり、子だくさんという家庭も減って、もはや自国では食えないから、父か母が出稼ぎに出るという家庭は少なくなってきたのです。それゆえに、昔はマンパワーを輸出していた国も、もはやそれが不可能になりました。ですから日本人も、自国のことは自分でやっていくほかありません。そこで現在の政府が掲げる「一億総活躍社会」がぴったりと当てはまるのです。この言葉は優しく表現されていますが、つまり、日本人は今後「誰でも生きている限り働け」ということなのです。

昔のアメリカ人は、詳しくはわかりませんが五〇歳ぐらいになると退職して、ハイビスカスの花をプリントしたワンピースやアロハを着て、ハワイに行くという光景がしばしば見られました。それこそが豊かなアメリカ人の到達し得た一つの理想的な老後の姿かもしれないと私たちには見えたのです。しかし、私自身、今、何もしないで遊んでいていいと言われたら、現実のところ、少しも幸福ではありません。私は今、家を片付け、料理をし、老いという病気ではない運命に従っている夫の手助けをし、そのような形で何とか生きていることで、実は自分の存在する場を見つけているわけです。これからは、死ぬまで働いてくださいと言われなくても、そうせざるを得ないのが日本の現状になるでしょう。国民は政府の悪口を言いますが、むしろそれは過酷なことではなく、最後の日まで他人のお役に立つという目的を与えられている幸福を得ていることなのです。

夫婦のルールは、あるようでいてないのですが、ただ、どちらも人間として死ぬ日まで成熟してきたと言える実績はあった方が、死ぬ時に豊かな気持ちになれるでしょう。

二〇一六年夏

構成◎上阪　徹

本書は、小社より２０１４年に単行本、
２０１６年に新書版として刊行されたものです。

|著者|三浦朱門　1926年、東京生まれ。作家。東京大学文学部言語学科卒業。'52年、「斧と馬丁」が芥川賞候補となり作家活動に入る。'67年、『箱庭』で新潮社文学賞受賞。'70年、ローマ教皇庁より聖シルベストロ教皇騎士団勲章受章。'83年、芸術選奨文部大臣賞受賞。'85年〜'86年まで文化庁長官。'99年、文化功労者。2004〜14年まで日本藝術院院長。'17年2月逝去。

|著者|曽野綾子　1931年、東京生まれ。作家。聖心女子大学英文科卒業。'54年、「遠来の客たち」が芥川賞候補となり作家活動に入る。'79年、ローマ教皇庁よりヴァチカン有功十字勲章を受章。'97年、「海外邦人宣教者活動援助後援会」(JOMAS) 代表として吉川英治文化賞、読売国際協力賞を受賞。2003年、文化功労者。'95年〜'05年まで日本財団会長。著書に『神の汚れた手』『天上の青』『夫の後始末』等多数。'53年、三浦朱門と結婚。以後、氏が逝去するまで63年あまり連れ添う。

夫婦《ふうふ》のルール

三浦朱門《みうらしゅもん》|曽野綾子《そのあやこ》



講談社文庫

定価はカバーに
表示してあります

2018年12月14日第1刷発行

発行者――渡瀬昌彦
発行所――株式会社　講談社
東京都文京区音羽2-12-21　〒112-8001
電話　出版 (03) 5395-3510
　　　販売 (03) 5395-5817
　　　業務 (03) 5395-3615

Printed in Japan

デザイン――菊地信義
本文データ制作――講談社デジタル製作
印刷――株式会社廣済堂
製本――株式会社国宝社



ISBN978-4-06-513819-9

# 講談社文庫刊行の辞

二十一世紀の到来を目睫に望みながら、われわれはいま、人類史上かつて例を見ない巨大な転換期をむかえようとしている。

世界も、日本も、激動の予兆に対する期待とおののきを内に蔵して、未知の時代に歩み入ろうとしている。このときにあたり、創業の人野間清治の「ナショナル・エデュケイター」への志を現代に甦らせようと意図して、われわれはここに古今の文芸作品はいうまでもなく、ひろく人文・社会・自然の諸科学から東西の名著を網羅する、新しい綜合文庫の発刊を決意した。

激動の転換期はまた断絶の時代である。われわれは戦後二十五年間の出版文化のありかたへの深い反省をこめて、この断絶の時代にあえて人間的な持続を求めようとする。いたずらに浮薄な商業主義のあだ花を追い求めることなく、長期にわたって良書に生命をあたえようとつとめるところにしか、今後の出版文化の真の繁栄はあり得ないと信じるからである。

同時にわれわれはこの綜合文庫の刊行を通じて、人文・社会・自然の諸科学が、結局人間の学にほかならないことを立証しようと願っている。かつて知識とは、「汝自身を知る」ことにつきていた。現代社会の瑣末な情報の氾濫のなかから、力強い知識の源泉を掘り起し、技術文明のただなかに、生きた人間の姿を復活させること。それこそわれわれの切なる希求である。

われわれは権威に盲従せず、俗流に媚びることなく、渾然一体となって日本の「草の根」をかたちづくる若く新しい世代の人々に、心をこめてこの新しい綜合文庫をおくり届けたい。それは知識の泉であるとともに感受性のふるさとであり、もっとも有機的に組織され、社会に開かれた万人のための大学をめざしている。大方の支援と協力を衷心より切望してやまない。

一九七一年七月

野間省一

講談社文芸文庫

蓮實重彥
# 物語批判序説
フローベール『紋切型辞典』を足がかりにプルースト、サルトル、バルトらの仕事とともに、十九世紀半ばに起き、今も我々を覆う言説の「変容」を追う不朽の名著。

解説=磯﨑憲一郎
はM5
978-4-06-514065-9

吉田健一訳
# ラフォルグ抄
若き日の吉田健一にとって魂の邂逅の書となった、十九世紀末フランスの夭折詩人ラフォルグによる散文集『伝説的な道徳劇』。詩集『最後の詩』と共に名訳で贈る。

解説=森　茂太郎
よD22
978-4-06-514038-3

芥川龍之介　藪の中
有吉佐和子　新装版 和宮様御留
阿川弘之　春風落月
阿川弘之　亡き母や
阿刀田高　ナポレオン狂
阿刀田高　新装版ブラック・ジョーク大全
阿刀田高　新装版 食べられた男
阿刀田高　新装版 妖しいクレヨン箱
阿刀田高　新装版 奇妙な昼さがり
阿刀田高編　ショートショートの花束1
阿刀田高編　ショートショートの花束2
阿刀田高編　ショートショートの花束3
阿刀田高編　ショートショートの花束4
阿刀田高編　ショートショートの花束5
阿刀田高編　ショートショートの花束6
阿刀田高編　ショートショートの花束7
阿刀田高編　ショートショートの花束8
阿刀田高編　ショートショートの花束9
安房直子　南の島の魔法の話

相沢忠洋　「岩宿」の発見〈幻の旧石器を求めて〉
安西篤子　花あざ伝奇
赤川次郎　真夜中のための組曲
赤川次郎　東西南北殺人事件
赤川次郎　起承転結殺人事件
赤川次郎　冠婚葬祭殺人事件
赤川次郎　人畜無害殺人事件
赤川次郎　純情可憐殺人事件
赤川次郎　結婚記念殺人事件
赤川次郎　豪華絢爛殺人事件
赤川次郎　妖怪変化殺人事件
赤川次郎　流行作家殺人事件
赤川次郎　ABCD殺人事件
赤川次郎　狂気乱舞殺人事件
赤川次郎　女優志願殺人事件
赤川次郎　輪廻転生殺人事件
赤川次郎　百鬼夜行殺人事件
赤川次郎　偶像崇拝殺人事件
赤川次郎　四字熟語殺人事件〈ベスト・セレクション〉

赤川次郎　三姉妹探偵団
赤川次郎　三姉妹探偵団2〈キャンパス篇〉
赤川次郎　三姉妹探偵団3〈珠美・初恋篇〉
赤川次郎　三姉妹探偵団4〈怪奇篇〉
赤川次郎　三姉妹探偵団5〈復讐篇〉
赤川次郎　三姉妹探偵団6〈危機一髪篇〉
赤川次郎　三姉妹探偵団7〈駈け落ち篇〉
赤川次郎　三姉妹探偵団8〈人質篇〉
赤川次郎　三姉妹探偵団9〈青ひげ篇〉
赤川次郎　三姉妹探偵団10〈父恋し篇〉
赤川次郎　死が小径をやってくる〈三姉妹探偵団11〉
赤川次郎　死神のお気に入り〈三姉妹探偵団12〉
赤川次郎　次女と野獣〈三姉妹探偵団13〉
赤川次郎　心地よい悪夢〈三姉妹探偵団14〉
赤川次郎　ふるえて眠れ、三姉妹〈三姉妹探偵団15〉
赤川次郎　三姉妹、呪いの道行〈三姉妹探偵団16〉
赤川次郎　三姉妹、初めてのおつかい〈三姉妹探偵団17〉
赤川次郎　恋の花咲く三姉妹〈三姉妹探偵団18〉

# 講談社文庫　目録

安野モヨコ　美人画報ハイパー
安野モヨコ　美人画報ワンダー
有吉玉青　恋するフェルメール〈37作品への旅〉
有吉玉青　風の牧場
有吉玉青　美しき一日《いちじつ》の終わり
甘糟りり子　産む、産まない、産めない
赤井三尋　翳《かげ》りゆく夏
赤井三尋　月と詐欺師(上)(下)
赤井三尋　面影はこの胸に
あさのあつこ　NO.6〔ナンバーシックス〕#1
あさのあつこ　NO.6〔ナンバーシックス〕#2
あさのあつこ　NO.6〔ナンバーシックス〕#3
あさのあつこ　NO.6〔ナンバーシックス〕#4
あさのあつこ　NO.6〔ナンバーシックス〕#5
あさのあつこ　NO.6〔ナンバーシックス〕#6
あさのあつこ　NO.6〔ナンバーシックス〕#7
あさのあつこ　NO.6〔ナンバーシックス〕#8
あさのあつこ　NO.6〔ナンバーシックス〕#9
あさのあつこ　NO.6 beyond〔ナンバーシックス・ビヨンド〕

あさのあつこ　待ってる〈橘屋草子〉
あさのあつこ　さいとう市立さいとう高校野球部(上)(下)
あさのあつこ　甲子園でエースしちゃいました〈さいとう市立さいとう高校野球部〉
赤城　毅　虹のつばさ
赤城　毅　麝香《じゃこう》姫《ひめ》の恋文
赤城　毅　書物狩人《ル・シャスール》
赤城　毅　書物法廷《ル・トリビュナル》
阿部夏丸　泣けない魚たち
阿部夏丸　父のようにはなりたくない
青山　潤　アフリカにょろり旅
青山　潤　うなドン〈南の楽園にょろり旅〉
梓　河人　ぼくとアナン
朝倉かすみ　ともしびマーケット
朝倉かすみ　感応連鎖
朝比奈あすか　憂鬱なハスビーン
朝比奈あすか　あの子が欲しい
荒山　徹　柳生大戦争
荒山　徹　柳生大作戦(上)(下)
荒山　徹　友を選ばば柳生十兵衛

天野作市　気高き昼寝
天野作市　みんなの旅行
青柳碧人　浜村渚の計算ノート
青柳碧人　浜村渚の計算ノート　2さつめ〈ふしぎの国の期末テスト〉
青柳碧人　浜村渚の計算ノート　3さつめ〈水色コンパスと恋する幾何学〉
青柳碧人　浜村渚の計算ノート　3と½さつめ〈ふえるま島の最終定理〉
青柳碧人　浜村渚の計算ノート　4さつめ〈方程式は歌声に乗って〉
青柳碧人　浜村渚の計算ノート　5さつめ〈鳴くよウグイス、平面上〉
青柳碧人　浜村渚の計算ノート　6さつめ〈パピルスよ、永遠に〉
青柳碧人　浜村渚の計算ノート　7さつめ〈悪魔とポタージュスープ〉
青柳碧人　浜村渚の計算ノート　8さつめ〈虚数じかけの夏みかん〉
青柳碧人　浜村渚の計算ノート　8と2分の1さつめ〈つるかめ家の一族〉
青柳碧人　双月高校、クイズ日和
青柳碧人　東京湾　海中《かいちゅう》高校
青柳碧人　希土類少女《レアアース・ガール》
朝井まかて　花《はな》競《くら》べ〈向嶋なずな屋繁盛記〉
朝井まかて　ちゃんちゃら
朝井まかて　すかたん
朝井まかて　ぬけまいる

# 講談社文庫　目録

朝井まかて　恋歌
朝井まかて　阿《お》蘭《らん》陀《だ》西《さい》鶴《かく》
朝井まかて　藪《やぶ》医《い》　ふらここ堂
歩《あゆみ》　りえこ　ブラを捨て旅に出よう〈貧乏乙女の"世界一周"旅行記〉
アダム徳永　スローセックスのすすめ
安藤祐介　営業零《ぜろ》課《か》接待班
安藤祐介　被取締役《とりしまられやく》新入社員
安藤祐介　おい！山田〈大翔製菓広報宣伝部〉
安藤祐介　宝くじが当たったら
安藤祐介　一〇〇〇ヘクトパスカル
安藤祐介　テノヒラ幕府株式会社
青木　理　絞首刑
天祢《あまね》　涼　キョウカンカク　美しき夜に
天祢　涼　議員探偵・漆原翔太郎〈セシューズ・ハイ〉
天祢　涼　都知事探偵・漆原翔太郎〈セシューズ・ハイ〉
麻見和史　石の繭〈警視庁殺人分析班〉
麻見和史　蟻《あり》の階段〈警視庁殺人分析班〉
麻見和史　水晶の鼓動〈警視庁殺人分析班〉
麻見和史　虚空の糸〈警視庁殺人分析班〉
麻見和史　聖者の凶数〈警視庁殺人分析班〉
麻見和史　女神の骨格〈警視庁殺人分析班〉
麻見和史　蝶の力学〈警視庁殺人分析班〉
麻見和史　深紅の断片〈警防課救命チーム〉
赤坂憲雄　岡本太郎という思想
有川　浩　三匹のおっさん
有川　浩　三匹のおっさん　ふたたび
有川　浩　ヒア・カムズ・ザ・サン
有川　浩　旅猫リポート
青山七恵　わたしの彼氏
青山七恵　快楽
荒崎一海　無流心月剣〈宗元寺隼人密命帖(一)〉
荒崎一海　幽霊の足〈宗元寺隼人密命帖(二)〉
荒崎一海　名花散る〈宗元寺隼人密命帖(三)〉
荒崎一海　江都落涙〈宗元寺隼人密命帖(四)〉
荒崎一海　門前仲町〈九頭竜覚山　浮世綴(一)〉
荒崎一海　蓬萊橋雨景〈九頭竜覚山　浮世綴(二)〉
浅野里沙子　花簪《はなかがり》御探し物請負屋
朱野帰子《かえるこ》　駅物語
朱野帰子　超聴覚者　七川小春〈真実への潜入〉
東　浩紀　一般意志2・0〈ルソー、フロイト、グーグル〉
朝倉宏景　白球アフロ
朝倉宏景　野球部ひとり
朝倉宏景　つよく結べ、ポニーテール
安達　瑶　奈落の花〈堕ちたエリート〉
朝井リョウ　スペードの3
足立　紳　弱虫日記
有沢ゆう希　ムサヲ 原作　恋と嘘〈映画ノベライズ〉
有沢ゆう希　末次由紀 原作　ちはやふる　上の句〈小説〉
有沢ゆう希　末次由紀 原作　ちはやふる　下の句〈小説〉
有沢ゆう希　末次由紀 原作　ちはやふる　結び〈小説〉
有沢ゆう希　ろびこ 原作　となりの怪物くん〈小説〉
有沢ゆう希　小説　パーフェクトワールド〈君といる奇跡〉
蒼井凜花　女唇《ルージュ》の伝言
秋川滝美　幸《こう》腹《ふく》な百貨店
五木寛之　ソフィアの秋
五木寛之　狼のブルース
五木寛之　海峡物語

2018年9月15日現在